BASTEI
LÜBBE

Folgende Romane aus der Reihe ›Die wilden Jahre der Delaneys‹ sind bisher bei Bastei-Lübbe erschienen:

58 500 Der stolze Falke
58 501 Der Glanz des Goldes
58 502 Silver, das Halbblut
58 503 Russische Nächte
58 504 Flammen der Leidenschaft
58 505 Gezähmtes Herz

Die wilden Frauen der Delaneys

Fayrene Preston

SYDNEY – DIE VERFÜHRERIN

Roman

Ins Deutsche übertragen
von Katharina Braun

BASTEI
LÜBBE

BASTEI-LÜBBE-TASCHENBUCH
Band 58 506

Erste Auflage: November 1990

Published by arrangement with Bantam Books,
a division of Bantam
Doubleday Dell Publishing Group, Inc.
Die Romane der Trilogie ›Die wilden Frauen der Delaneys‹ stammen
aus der amerikanischen Taschenbuchreihe ›Loveswept‹

Deutsche Lizenzausgabe 1990
Bastei-Verlag, Gustav H. Lübbe GmbH & Co., Bergisch Gladbach
Originaltitel: The Delaneys of Killaroo: Sydney The Temptress
Lektorat: Katharina Woicke
Titelillustration: José Maria Miralles/Norma Agency, Barcelona
Umschlaggestaltung: Quadro Grafik, Bensberg
Satz: VID Verlags- und Industriedrucke GmbH & Co. KG,
Villingen-Schwenningen
Druck und Verarbeitung:
Brodard & Taupin, La Flèche, Frankreich
Printed in France
ISBN 3-404-58506-2

Der Preis dieses Bandes versteht sich einschließlich
der gesetzlichen Mehrwertsteuer.

Etwas über die Geschichte der Delaneys

Bei William Delaneys Geburt, 1855, waren Männer noch Männer und der Westen noch wild. Zwischen Siedlern und Indianern herrschten Feindseligkeiten; nur die Delaneys blieben unbehelligt. Dafür hatte der alte Shamus gesorgt, indem er rechtzeitig einen seiner Söhne mit der Tochter eines Apachenhäuptlings verheiratete, etwa ein Jahr vor Klein-Williams Geburt, was die Beziehungen zwischen den Delaneys und den Apachen beträchtlich vereinfachte.

Natürlich übernahm William, wie schon seine Onkel vor ihm, gewisse Gewohnheiten der Indianer. Er veranstaltete gelegentlich ›Überfälle‹ auf friedliche Apachenlager, in deren Verlauf er wild kreischend durch die Reihen der Zelte ritt und versuchte, dabei so viele Krieger wie möglich mit seiner Lanze zu berühren, bis die Indianer ihn aufgebracht nach Killara, dem Heim der Delaneys, zurückjagten.

Hätte der alte Shamus so gehandelt, wie es seiner Natur entsprach, wäre sein Enkel William hart bestraft worden und hätte sicher den Stock zu spüren bekommen. Doch Shamus hatte schon früh gemerkt, wie sinnlos es war, William zu bestrafen. Bäume waren rar im südlichen Teil von Arizona, und mehr als ein aus dem Osten mitgebrachter Stock war bereits auf Williams Hinterteil zerbrochen.

Williams Vater Desmond, der zweite von Shamus' neun Söhnen, war 1862 im Bürgerkrieg ums Leben gekommen, und seitdem lebte sein Sohn mit Anne, seiner Mutter, seinen Großeltern und verschiedenen Onkeln, Tanten und Vettern zusammen. Hätte Desmond noch gelebt, wäre es ihm vielleicht gelungen, seinen Sohn zur Räson zu bringen, denn William hatte seinen Vater verehrt.

Von den anderen Familienmitgliedern war nur sein Großvater fähig, eine gewisse Kontrolle über den Jungen auszuüben, und auch das war nicht viel. Dabei gab Shamus, der seine Enkel so zärtlich liebte wie seine eigenen Kinder, sich die größte Mühe. Da William den Charme der Delaneys besaß und ihn zu seinem Nutzen anzuwenden wußte, kam schließlich sogar Shamus zu der Überzeugung, daß die wilden Eskapaden des Jungen nichts anderes als ein Beweis für sein überschäumendes Temperament sein konnten.

Die Apachen, verständlicherweise erbost über Williams Verhalten, waren anderer Ansicht – und Shamus holte den besten irischen Whiskey aus dem Keller, um die aufgeregten Gemüter zu besänftigen.

Aber im Laufe der Jahre wurde es immer schwerer, die Folgen von Williams Handlungsweise mit einem freundschaftlichen Drink aus der Welt zu schaffen. William ritt wilde Pferde, war ständig auf der Suche nach ›wilden‹ Frauen und entdeckte das Glücksspiel und den Alkohol zehn Jahre früher, als es bei einem jungen Mann normalerweise der Fall ist.

Im Alter von sechzehn Jahren hatte William die ziemlich gefährliche Kunst entwickelt, im allerletzten Augenblick aus Schlafzimmerfenstern zu springen, einen empörten Ehemann mit geladener Flinte nur einen Schritt hinter sich. William hatte seinen Mustang in weiser Voraussicht so erzogen, daß er genau unter dem entsprechenden Fenster stand, was ihm die Möglichkeit verschaffte, eifersüchtigen Ehemännern in einer Staubwolke zu entkommen, begleitet von lautem Gelächter und dem Klappern von Pferdehufen.

Mit achtzehn Jahren hatte William eine beachtliche Anzahl von Frauen in einem Umkreis von zweihundert Meilen ›beglückt‹. In den Saloons wurden bereits Wetten darüber abgeschlossen, daß Williams Stiefel unter dem Bett einer jeden Frau in der Gegend zu finden gewesen waren, ausgenommen jener Frauen, mit denen er verwandt war.

Der alte Shamus war kein Narr, und es war ihm sehr wohl bewußt, was es zu bedeuten hatte, wenn William nach einem wilden Ritt nach Hause kam und nichts als seine Hosen trug. Shamus hätte seinem Enkel verzeihen können, daß er den Don Juan spielte, und es vielleicht sogar mit der lakonischen Bemerkung abgetan, daß die Stiefel, die William unter diversen Betten zurückließ, ausgereicht hätten, seine neun Söhne mit Schuhwerk zu versorgen.

Aber damals waren Männer eben wirklich noch Männer, und der Westen war tatsächlich noch wild. Und – wie vorauszusehen gewesen war – zögerte William eines Nachts zu lange, bevor er das warme Bett verließ. Der eifersüchtige Ehemann war wütend hereingestürmt, kochend vor Zorn und mit einer geladenen Waffe in der Hand. Diesmal verschwendete William keine Zeit mit seinen Hosen, sondern zog statt dessen seine eigene Waffe, und als er endlich den Rückzug durchs Fenster antrat, blieb ein schwer verwundeter Mann zurück.

Nun hätte William seinen Prozeß abwarten können; vielleicht wäre er sogar freigesprochen worden. Aber er war eine Spielernatur, und deshalb kannte er den Einsatz: Mindestens die Hälfte der Männer, aus denen sich die Jury zusammensetzte, würden Männer sein, denen er Hörner aufgesetzt hatte. Deshalb bestieg er seinen halbwilden Mustang und wandte sich nach Westen.

An materiellen Dingen nahm er nur wenig mit, verließ sich statt dessen lieber auf sein Glück; aber er ›borgte‹ sich etwas, das zum Familienvermögen der Delaneys gehörte. Wie es oft bei diesen Dingen der Fall ist, war die Halskette nicht viel wert. Sie bestand aus drei Silbermedaillons, jedes davon mit einem Türkis besetzt. Aber vielleicht spielte die Überlegung eine Rolle, daß die Glückszahl seines Großvaters eine Drei war; wie dem auch sein mag, jedenfalls war die Kette das einzige, was William mitnahm.

An der Küste traf er Männer, die noch gefährlicher waren als jene, die er hinter sich gelassen hatte. Warme Betten gab es genug, aber auch schußbereite Gewehre und Männer, die kein langes Federlesen machten . . . William, stets bereit, unbekannte Gegenden zu erforschen, wandte sich noch weiter nach Westen und bestieg ein Schiff.

Er landete schließlich – zu seiner eigenen Überraschung – in Australien, wo es ihm so gut gefiel, daß er beschloß, eine Zeitlang zu bleiben. Er arbeitete, wenn es nicht zu verhindern war, und spielte, wenn er konnte, bis er schließlich auf einer Schaffarm anlangte, wo er sich nach einem Blick auf die bildhübsche Tochter des Besitzers bereitwillig anwerben ließ.

Man schrieb das Jahr 1877, als William auf der Farm zu arbeiten begann, und er verschwendete keine Zeit, ein weiteres Paar Stiefel unter einem Bett zu hinterlassen. Aber er hatte nicht mit Matthew Devlin gerechnet, dem ruhigen Mann, dessen einziges Kind Mary war. William trat so unbesorgt und leichtherzig vor den Altar, wie er immer war, und das geladene Gewehr, das seine Schritte lenkte, störte ihn nicht im geringsten.

William blieb eine Weile auf der Farm, lange genug, um seiner jungen Braut von seiner Familie in Arizona zu erzählen und von Killara. Als echter Delaney spann er sich eine phantastische Geschichte über die Verwandten auf der anderen Seite der Welt zurecht und stattete sie mit viel mehr Macht und Reichtum aus, als sie zu jener Zeit besaßen. Dann, typisch William, ließ er seine junge Frau fröhlich im Stich und schiffte sich nach Hause ein, in der Hoffnung auf Vergebung derer, die er zurückließ, und freudigen Empfangs jener, zu denen er auf dem Wege war. Es war ihm dabei nicht bewußt, daß er viel mehr in Australien zurückließ als ein paar Stiefel und eine silberne Halskette.

Tatsächlich wurde William in Killara willkommen geheißen, und er machte die Erfahrung, daß vergangene Sünden, wenn auch nicht vergessen, so doch zumindest als erledigt und unbedeutend betrachtet wurden. So kehrte er also in den Schoß seiner Familie zurück. Die Kleinigkeit, daß er eine Frau in Australiens Hinterland zurückgelassen hatte, vergaß er zu erwähnen.

Unglücklicherweise hatten Williams Abenteuer ihn keineswegs gelehrt, seine Rücksichtslosigkeit zu zügeln, und daher verlor er keine Zeit, den Leuten in Erinnerung zu bringen, warum er Arizona vor Jahren so überstürzt verlassen hatte. Er nahm seine draufgängerische Lebensweise wieder auf, und mit der Zeit wurde es so schlimm mit ihm, daß sogar sein Großvater die Prophezeiung traf, William würde eines Tages am Galgen enden.

Was leider eintraf.

Mary Delaney war nicht sonderlich überrascht, daß William sie verlassen hatte; sie hatte ihn geliebt und – erstaunlicherweise – vielleicht sogar verstanden. Es war ihr immer bewußt gewesen, daß es leichter gewesen wäre, den Wind an sich zu ketten als William. Sie war eine starke Frau, eine stolze Frau. Daher brachte sie ihren Sohn, Charles, zur Welt und zog ihn allein auf, nachdem ihr Vater gestorben war. Oft erzählte sie Charles von Killara und den Delaneys aus Arizona. Diese Geschichte und die Halskette waren das einzige, was William seinem Sohn hinterlassen hatte.

Charles wiederum heiratete und wurde Vater eines Sohnes, dem auch er von Killara erzählte – all das, was William sich einmal zusammengesponnen hatte, und noch sehr viel mehr, was mit der Zeit zu der Erzählung hinzugekommen war.

Wie viele Famlien besaß auch der australische Zweig des Delaney-Clans ein Geheimnis, mit dem sie prahlen konnten, und dafür war Williams Sohn Charles verantwortlich. Irgendwann in seinem jungen Leben hatte er in einer Mine nach Edelsteinen geschürft und war, ganz kurz nach der Geburt seines Sohnes, wegen eines phantastischen Edelsteins, den er angeblich gefunden hatte, ermordet worden. Seine Mörder wurden nie gefunden, und der Stein, falls er je existiert hatte, blieb verschwunden.

Als Spencer Delaney, Williams Urenkel, 1935 geboren wurde, war Killara zu einer Legende geworden; die Technik ermöglichte inzwischen eine weltweite Nachrichtenübertragung, und Fakten erhärteten nun die Legende, die von Generation zu Generation weitergegeben worden war.

Da Stolz zu den ausgeprägtesten Charakterzügen der Delaneys gehörte, verzichtete Spencer darauf, sich an seine reichen amerikanischen Verwandten zu wenden, als er sich in finanziellen Schwierigkeiten befand. Statt dessen verkaufte er einen Großteil der Farm an einen Nachbarn, bestand jedoch auf einer Option, die ihm zwei Monate Zeit einräumte, um das Land zurückzukaufen, falls es je zum Wiederverkauf angeboten werden sollte.

Killaroo, wie Mary die Farm umbenannt hatte, war nicht groß, und daher löste der Verkauf des Landes die finanziellen Probleme der Familie nur vorübergehend. Spencer, dem zu spät bewußt geworden war, was er aufgegeben hatte, arbeitete Tag und Nacht, um eines Tages die Möglichkeit zu haben, das verkaufte Land zurückzugewinnen. Die Jahre vergingen, und es wurde fast zu einer fixen Idee bei ihm. Er erlitt zwei Herzanfälle, was ihn trotz der Warnungen seiner Ärzte, ein dritter Anfall könne seinen Tod bedeuten, nicht daran hinderte, wie ein Besessener weiterzuschuften.

Da es bei den Delaneys üblich war, männliche Kinder zu zeugen, war es etwas überraschend, daß Spencer drei Töchter bekam. Und selbst wenn er das Fehlen eines Sohnes bereute, liebte er seine Mädchen zärtlich und wünschte sich nur das Beste für sie. Auch Sydney, Matilda und Adelaide wünschten sich nichts sehnlicher, als ihren Vater gesund und sorgenfrei zu sehen.

Deshalb – als das Land zum Wiederverkauf angeboten wurde – beschlossen die Mädchen, den phantastischen Kaufpreis aufzubringen. Es war ihnen bekannt, daß sie reiche amerikanische Cousins besaßen, aber es wäre ihnen nie in den Sinn gekommen, Fremde um Hilfe zu bitten.

Jedes der Mädchen hatte einen Plan. Jede besaß ein ganz bestimmtes Talent oder die Möglichkeit, rasch an Geld zu kommen. Und alle drei waren, wie nie zuvor in ihrem Leben, von dem Wunsch beherrscht, ein ganz bestimmtes Ziel zu erreichen. Sie kämpften um ihr Geburtsrecht, um ihr Erbe, aber vor allem kämpften sie um das Leben ihres Vaters.

Zwei Monate hatten sie zur Verfügung. Sechzig Tage, um das Unmögliche möglich zu machen. Und falls sie wußten, daß es unmöglich war, hatte es keine Bedeutung für sie. Sie waren Delaneys, und ihnen war anerzogen worden, daß selbst der unmöglichste Weg Schritt für Schritt zu überwinden war.

Und so fingen sie an.

Prolog

Dad würde meinem Plan nie zustimmen, wenn er etwas davon wüßte, dachte Sydney, während sie ihren Vater durch das Küchenfenster beobachtete. Schließlich war es sein unmäßiges Spielen gewesen, direkt nach dem Tod ihrer Mutter, das ihre finanziellen Schwierigkeiten ausgelöst hatte. Und seine Neigung zum Glücksspiel hatte schließlich dazu geführt, daß sie jenen Teil von Killaroo verloren, den er nun so unbedingt zurückgewinnen wollte.

Aber abgesehen von einer Unterschlagung bei der Bank, in der Sydney arbeitete, war das Glücksspiel das einzige Mittel, das sie sich vorstellen konnte, um ihre Pläne zu verwirklichen. Es war verrückt, vielleicht sogar gefährlich, was sie vorhatte, aber es konnte klappen. Sie war intelligent und besaß ein Talent für Mathematik, und deshalb, obwohl sie noch nie gespielt hatte, war sie ziemlich sicher, es sehr schnell zu erlernen.

Sydney und ihre Schwestern saßen am Küchentisch des Hauses, das ein Leben lang ihr Heim gewesen war, das Wohnhaus der Schaffarm in New South Wales, die ihrer Familie gehörte. Die Küche von Killaroo war ein Ort, dem nur warme, glückliche Erinnerungen anhafteten. Sydney erinnerte sich noch gut an ihre hübsche, zärtliche Mutter und glaubte, sie auch jetzt wieder vor sich zu sehen, wie sie am Herd gestanden und für ihre Familie gekocht hatte. Hier in der Küche waren sämtliche Krisen, ob groß oder klein, gelöst worden. Deshalb hatte

Sydney sich heute, angesichts der schwersten Krise ihres jungen Lebens, wie in alten Zeiten mit ihren Schwestern am Tisch versammelt.

Sie schaute von neuem zum Fenster hinaus und beobachtete ihren Vater, der über den alten Traktor gebückt stand und versuchte, ihn noch einmal zu reparieren.

Krankheit und Alter hatten seine einst große, hagere Gestalt gebeugt, sein Gesicht war vom Leid gezeichnet. In den sechsundzwanzig Jahren ihres Lebens war Sydney unzählige Male mit ihren Problemen zu ihm gelaufen. Seine Kraft war ihre Stütze gewesen. Seine freundliche, sanfte Art hatte ihre Tränen versiegen lassen. Sein Rat und sein warmer Humor hatten ihr über die schlimme Zeit hinweggeholfen, in der ihr Stottern eine beinahe unüberwindliche Demütigung für sie bedeutet hatte. Wenn sie heute im Leben erfolgreich war, hatte sie es nur ihrem Vater zu verdanken.

Deshalb lag es nun bei ihr, ihm zu helfen.

Mit neugewonnener Entschlossenheit drehte Sydney sich zu ihren Schwestern um. »Wir sind uns also einig?«

»Ja. Jede von uns wird ihren eigenen Plan verfolgen, aber falls wir Hilfe brauchen, sind die anderen sofort zur Stelle«, antwortete Manda. »Und vergeßt nicht, daß es sich um ein gemeinsames Projekt handelt. Keine von uns darf versagen.«

Addie nickte zustimmend. »Ja, aber was ist mit Dad? Er darf von der ganzen Sache nichts erfahren. Unser Plan ist nicht ungefährlich, und deshalb dürfen wir ihn nicht damit belasten.« Sie verzog das Gesicht. »Für euch beide ist es einfacher als für mich. Er wird bestimmt erfahren, was ich mache.«

»Tu, was du kannst«, riet Sydney. »Und falls du Hilfe brauchst, ruf uns an.«

»Ich werde viel unterwegs sein, aber ich melde mich regelmäßig«, versprach Addie. »Und da ich in der Nähe von zu Hause bleibe, schaue ich ab und zu bei Dad herein.«

»Gut«, meinte Sydney. »Tu das bitte und laß uns wissen, wie es ihm geht.«

Mandy holte tief Luft. Ihre Stimme zitterte ein wenig, als sie sagte: »Ich habe wahnsinnige Angst. Was machen wir, wenn es schiefgeht?«

»Ich habe auch Angst«, gab Addie leise zu.

Sydney konnte es nicht ertragen, Furcht in den Augen ihrer beiden jüngeren Schwestern zu sehen – bei Addie, die so zart wirkte, doch in Wirklichkeit stark wie die Sonne war, die auf Australien schien; und bei Manda, für die das Leben bisher ein endloses Abenteuer gewesen war. Sie griff nach den Händen ihrer Schwestern und drückte sie beruhigend. »Angst haben wir alle«, sagte sie leise. »Aber wir werden nicht versagen, weil wir nicht versagen dürfen.« Sie lächelte, aber es fiel ihr nicht leicht. »Diesmal handelt es sich nicht um eine weitere von Mandas Seereisen. Dieser Traum muß wahr werden.«

Während sie die Hände ihrer Schwestern hielt, konnte Sydney die Wärme und Kraft spüren, die zwischen ihnen ausgetauscht wurde. Einem Außenseiter mußte ihr Plan unmöglich erscheinen. Anderthalb Millionen Dollar waren eine enorme Summe für drei junge Mädchen, die sich vorgenommen hatten, dieses Geld innerhalb einer sehr begrenzten Zeitspanne zu verdienen. Aber ein Außenseiter konnte schließlich auch nichts von ihrer Liebe zu ihrem Vater und zueinander wissen. Sie würden es schaffen: dessen war sich Sydney ganz sicher.

1

Eine Etage über dem Casino, hinter der Glaswand, die nur von einer Seite transparent war, beobachtete Nicholas Charron die junge Frau, wie er es schon seit drei Abenden tat.

Ihr Name war Sydney Delaney. Diese Information hatte er aus dem Hotelregister bezogen, das sie ausgefüllt hatte, als sie vor drei Tagen auf der Insel eingetroffen war. Allein.

Mit jeder Nacht, die verging, wuchs seine Neugier auf diese Frau. Ihr Interese für das Spiel schien sehr intensiv zu sein; dennoch hatte sie bisher keinen Einsatz gewagt. Nicholas hatte auch beobachtet, wie mehrere Männer versucht hatten, sich ihr zu nähern, ihre Absichten jedoch nach einem kühlen Blick von ihr sehr schnell aufgegeben hatten.

Von seinem diskreten Beobachtungsposten aus konnte er das gesamte Casino überschauen. Männer und Frauen in eleganter Abendgarderobe bewegten sich dort unten von Tisch zu Tisch, um ihre Einsätze zu plazieren. Niemand beachtete die atemberaubende Aussicht auf das Great Barrier Reef, die eine ganze Wand aus Glas bot.

Die Gleichgültigkeit seiner Gäste angesichts der natürlichen Schönheit des Riffs und des sternenübersäten Nachthimmels amüsierte Nicholas. Während die meisten Casinos überhaupt keine Fenster besaßen, hatte er beim Entwurf seiner Hotel- und Casinoanlage auf soviel Glas wie möglich bestanden und sogar riesige Aquarien in eine der langen Stirnwände des Casinos einbauen lassen.

Obwohl die Aquarien sämtliche Fischarten enthielten, die die Gewässer des Riffs bevölkerten, wußte Nicholas, daß sie für die meisten Gäste des Casinos nicht mehr als einen exotischen Hintergrund für das darstellten, um dessentwillen sie wirklich gekommen waren – das Glücksspiel.

Er verstand die Menschen, verstand ihre Laster und ihre Gier. Und bald, so versprach er sich, würde er auch Sydney Delaney verstehen.

Er wandte sich vom Fenster ab und ging zu der langen Reihe von Monitoren, die ihm einen genauen Überblick über jeden einzelnen der Spieltische ermöglichten. Ein Knopfdruck, und vier verschiedene Bildschirme leuchteten vor ihm auf.

Sydney Delaney war eindeutig schön, aber das waren viele andere der Frauen, die sich an diesem Abend in Nicholas' Casino aufhielten, auch. Und doch war etwas an ihr, was gleich zu Anfang seine Aufmerksamkeit erregt hatte und immer noch gefangenhielt. Ganz unerwarteterweise für ihn.

Einmal, vor langer Zeit, hatte er in einem Ladenfenster in Chicago die Porzellanfigur eines jungen Mädchens gesehen. Sie war so zart gewesen, so zerbrechlich und so teuer, daß ein gläsernes Gehäuse, eine Art Kuppel, die Figur geschützt hatte. Damals hatte er sie haben wollen. Und jetzt erinnerte Sydney Delaney ihn an diese Porzellanfigur.

Er schaute näher hin, versuchte eine Erklärung für die Anziehungskraft zu finden, die Sydney auf ihn ausübte. Ihr Haar war dunkel, mit einem rötlichen Schimmer, fast wie alter Burgunder, und fiel ihr in glänzenden Wellen auf den Rücken. Nicholas zuckte die Schultern, als er die

Farbe ihres Haars nicht exakt definieren konnte. Sie schien etwas zu enthalten, was der Monitor nicht zufriedenstellend wiedergab.

Ein anderer Monitor zeigte Sydney im Profil, und Nicholas stellte fest, daß sie eine gerade Nase und ein festes Kinn besaß. Auf dem dritten Monitor waren ihre feingezeichneten Augenbrauen und die großen, hellen Augen zu erkennen, deren Farbe auf dem Bildschirm auch nicht genau zu bestimmen war. Aber es war vor allem ihr Mund, auf dem sein Blick verweilte, auf ihren vollen, sinnlichen Lippen, die zum Küssen wie geschaffen schienen.

In einem vierten Monitor war Sydney ganz zu sehen. Ihr langes Abendkleid war aus cremefarbenem Satin, hochgeschlossen am Hals, doch am Rücken ausgeschnitten bis zur Taille, wo es viel nackte Haut zeigte, die – wenigstens auf dem Monitor – makellos glatt erschien. In unbewußter Erwartung des Moments, in dem er diese Haut berühren würde, verkrampften sich Nicholas' Finger.

Aus Erfahrung wußte er, daß die meisten der Kleider, die die anderen Frauen im Casino trugen, sehr viel exklusiver und teurer waren als Sydneys schlichtes Satinkleid; aber das war nicht von Bedeutung. Sie konnte alles tragen, dachte er.

Sie war eine Frau, die Eleganz und Anmut ausstrahlte, selbst wenn sie sich – wie jetzt – nicht rührte und still inmitten des Lärms und Trubels stand, der sie umtoste wie das Meer die Insel . . . seine Insel, die Insel von Charron.

Ob sie ihre Nerven und ihre Emotionen immer so perfekt beherrscht? fragte er sich verblüfft.

Gerade diese auffallend beherrschte Haltung erinnerte ihn an das Glas, das jene zarte Mädchenfigur geschützt hatte, die ihm vor Jahren in einem Schaufenster aufgefallen war. Aber Glas war zerbrechlich . . .

Wenn ein Panther auf dieser tropischen Insel lebte, müßte er Nicholas Charron heißen, dachte Sydney. Sie hatte ihn nie gesehen, aber sie *spürte* ihn – wie eine starke atmosphärische Störung.

Merkwürdigerweise hatte sie sich nie gefragt, warum sie spürte, daß er dort oben war und sie beobachtete. Es war ganz einfach so. Sie wußte, daß er sich in seinem Kontrollraum über dem Casino aufhielt, und sie spürte seine Blicke auf sich, so deutlich wie den Hauch warmen Atems auf ihrer Haut.

Die Tatsache, daß er sie hinter diesem einseitig durchsichtigen Spiegel beobachtete, vermittelte ihr den Eindruck, ihm schutzlos ausgeliefert zu sein, fast wie auf einem Präsentierteller. Es war ein Gefühl, das sie mehr haßte als alles andere, und sie reagierte darauf, wie sie es immer tat, wenn sie sich verwundbar fühlte – mit absoluter Kontrolle über Körper und Verstand.

Sydney war ein Mensch, der sich nie blindlings in eine Situation begab, solange es zu verhindern war. Deshalb hatte sie sich, bevor sie nach Charron gekommen war, über die Insel informiert, hatte Erkundigungen eingezogen über das Casino und den Mann, dem alles auf Charron gehörte. Einiges hatte sie dabei erfahren, aber leider nicht alles.

Nicholas Charron war ein mysteriöser Mann. Es war bekannt, daß er aus Amerika eingewandert war, aber was er in der Zeit nach seiner Ankunft, bis er die Insel gekauft hatte, gemacht hatte, war ein Geheimnis. In den letzten fünf Jahren hatte er eine Ferienanlage und ein Casino aufgebaut, wie Australien es noch nie gesehen hatte, schon gar nicht am Great Barrier Reef. Das Casino und der angrenzende Hotelkomplex wurden allgemein als ›Charrons Glaspalast‹ bezeichnet. Wie auch alles andere auf der Insel Nicholas' Namen trug, ob es nun von ihm beabsichtigt war oder nicht. Wie zu erwarten gewesen war, hatte die Insel sich im internationalen Jetset sehr schnell einen Ruf erworben. Gäste aus aller Welt kamen, um hier ihr Geld auszugeben, sich eine schöne Zeit zu machen und den geheimnisvollen Nicholas Charron zu sehen – falls es möglich war.

Die verrücktesten Spekulationen wurden über ihn angestellt. Er besaß eine Ausstrahlung, so geheimnisvoll wie die Nacht, und für die Aufregung suchenden Spieler stellte seine geheimnisumwobene Existenz eine mindestens ebenso große Anziehungskraft dar wie sein Casino.

Aber er ließ sich nie im Casino sehen, und nur selten lud er jemanden in seine Suite im obersten Stockwerk des Hotelkomplexes ein. Es sei denn . . .

Die Leute redeten, und gewisse Dinge sprachen sich herum. Sydney war erst knapp einen Tag auf der Insel gewesen, als eine aufgeregte Dame, die sie am Strand getroffen hatte, ihr etwas über Nicholas Charrons Gewohnheiten verriet. Angeblich, behauptete sie, halte er sich Abend für Abend im Kontrollraum über dem Casino auf, betrachte die Vorgänge im Saal, mit der einzigen Absicht, sich eine Frau für die Nacht auszusuchen.

Sydney hatte selbst gesehen, daß viele der weiblichen

Gäste alles taten, um die Aufmerksamkeit des dunkelhaarigen Mannes zu erregen, von dem alle sprachen und den nur ganz wenige je gesehen hatten. Aber irgendwie spürte sie, daß keine dieser Frauen mit ihrer Taktik Erfolg haben würde. Daß sie es war, Sydney, die Nicholas beobachtete.

Daher fühlte sie sich verfolgt – von einem Mann, den sie nicht sah, nur spürte, aber sie war nicht bereit, der inneren Erregung, die dieses Wissen in ihr auslöste, Beachtung zu schenken. Etwas ganz anderes verlangte ihre volle Konzentration. Sie durfte sich in ihrem Vorhaben nicht beirren lassen.

Seit sie auf der Insel war, studierte sie aufmerksam den Ablauf der einzelnen Glücksspiele, und heute abend hatte sie sich für einen Tisch entschieden, an dem *Craps* gespielt wurde.

Es war ein schnelles Spiel, und die Chancen, eine große Summe zu gewinnen, schienen gut. Sydney nahm einen Taschenrechner aus der Handtasche und begann ihre Einsätze auszurechnen.

Innerhalb von Sekunden standen zwei Männer an ihrer Seite.

Und Nicholas, der die Szene aus seinem Kontrollraum beobachtet hatte, griff nach dem Telefonhörer.

Einer der Männer war groß und muskulös und hatte ein derart zerfurchtes und zernarbtes Gesicht, als wäre es aus Fels gehauen. Der andere Mann, ein Orientale, war klein und sehnig. Er starrte Sydney aus ausdruckslosen schwarzen Augen an.

Es war der größere der beiden Männer, der etwas sagte. »Es tut mir leid, Miß. Sie werden uns begleiten müssen.«

Den Männern haftete etwas so Drohendes an, daß Sydney für einen Moment völlig aus der Fassung geriet. Ihr Herz krampfte sich vor Erschrecken zusammen, so schnell, daß sie es nicht kontrollieren konnte. »A-a-aber warum?«

»Begleiten Sie uns bitte ins Sicherheitsbüro. Die Benutzung eines Taschenrechners ist im Casino verboten.«

Sydney war wütend auf sich selbst. Es war das erste Mal seit langer Zeit, daß sie vor einem Fremden gestottert hatte, und es war nur ihre eigene Schuld. Hätte sie nicht so ausgiebig über den mysteriösen Besitzer des Spielcasinos nachgedacht, wäre ihr rechtzeitig aufgefallen, daß die Männer auf sie zukamen, und sie hätte sich darauf vorbereiten können.

Sie wartete ab, bis sie ihre Nerven wieder unter Kontrolle hatte und ruhig sprechen konnte. »Es tut mir leid. Das wußte ich nicht. Ich stecke ihn wieder ein.«

Aber die Hand des größeren Mannes schloß sich um ihren Ellbogen und drängte sie sanft, aber entschieden vorwärts. »Kommen Sie bitte mit.«

Er ist höflich, dachte sie. Und gefährlich. Sie hatte nicht die Absicht, ihn irgendwohin zu begleiten.

»Entschuldigen Sie . . . Miß Delaney?«

Verwirrt drehte sie sich um und sah sich einem dritten Mann gegenüber. Er war groß und sah gut aus mit seinem braunen Haar und den grünen Augen, und außerdem lächelte er sie an. »Miß Delaney, mein Name ist Mike Nolan. Ich bin Nicholas Charrons Sicherheitschef. Mr. Charron möchte Sie gern sehen.«

Verwirrt schaute sie sich nach den beiden anderen Männern um, aber die waren verschwunden. »Hören

Sie, Mr. Nolan, was hat das alles zu bedeuten? Wenn es wegen des Rechners ist, tut es mir leid. Ich werde ihn nicht mehr benutzen.«

Mike Nolans Lächeln veränderte sich nicht, es blieb charmant und zuvorkommend. Doch Sydney wurde plötzlich bewußt, daß er noch gefährlicher war als die beiden anderen Männer.

»Ich bin sicher, daß Mr. Charron sich freuen wird, es zu hören. Und jetzt, wenn Sie gestatten« – er nahm ihren Arm und begann sie durch die Menge der Spieler zu führen –, »bringe ich Sie zu ihm.«

Ob sie es *gestattete*, stand gar nicht zur Diskussion, das war Sydney völlig klar, und doch war sie eher verärgert als alarmiert. Sie konnte sich keine Verzögerungen in der Ausführung ihres Plans erlauben, und falls sie nun aufgefordert wurde, die Insel zu verlassen, würde es einen erheblichen Zeitverlust für sie bedeuten. Es mußte eine andere Möglichkeit geben, das Mißverständnis zu bereinigen.

»Wohin bringen Sie mich, wenn ich fragen darf?« sagte sie, als Mike Nolan vor einer doppelten schwarzen Stahltür hielt und einen Schlüssel herauszog.

»Zu Mr. Charrons Suite.«

Die Tür glitt auf, und sie betraten einen Aufzug. Dann schloß sich die Tür, und sie und der Mann waren allein, abgeschlossen von dem beruhigenden Lärm, der aus dem überfüllten Casino drang.

Eine leise Angst erwachte in ihr. Gleichzeitig so etwas wie Neugier. Wie mag er sein, dachte sie, dieser Mann, der solche Macht und solchen Reichtum besaß, wie andere Menschen sie sich nur erträumen konnten? Er hatte sich auf seiner Insel ein Reich nach seinen

Wünschen aufgebaut, und innerhalb dieser Welt war er der absolute Herrscher. Was immer auch daraus entstehen mochte, sie hatte nun Gelegenheit, Nicholas Charron zu sehen. Was sie jedoch an der Aussicht verärgerte, war die Art, wie ihr Herz bei dem Gedanken daran aufgeregt zu klopfen begann.

Drei Stockwerke über dem Erdgeschoß hielt der Lift, die Türen glitten lautlos auf, und Sydney stand im Heiligtum des Besitzers der Insel von Charron. Ein sanfter Schubs drängte sie vor in den weitläufigen Raum. Als sie die Tür hinter sich ins Schloß fallen hörte, wirbelte sie herum, aber der große Mann, der sie begleitet hatte, war nicht mehr da. Erstaunlich, dachte sie, wie diese Männer auftauchen und sich dann in Luft auflösen! Sie wandte sich langsam um und ging ein paar Schritte in den Raum.

Sie ist bildhübsch, dachte Nicholas, der sie beobachtete. Entzückend. Sein Instinkt hatte ihn schon gewarnt, daß sie nicht wie die anderen Frauen war, die er sich sonst in seine Suite bringen ließ, und er hatte sich als richtig erwiesen. Als sie aufgeschaut und die beiden Männer an ihrer Seite gesehen hatte, war seine Theorie bestätigt. Ihre sonst so beherrschte Miene hatte Furcht verraten. Für einen Augenblick hatte sie so hilflos gewirkt, daß es Nicholas einen schmerzhaften Stich versetzt hatte. Es war nicht richtig, daß das erste starke Gefühl, das er an ihr wahrnahm, Angst sein sollte. Deshalb hatte er Mike angerufen.

Der Raum, der im Halbdunkeln lag und in mehrere Ebenen aufgeteilt war, kam Sydney wie ein perfektes Bühnenbild vor. Der Effekt von indirektem Licht wurde noch verstärkt durch glänzende Oberflächen und zwei ganz mit Spiegeln verkleideten Wänden. Die beiden anderen Wände bestanden aus breiten Fensterflächen, die ein Stück des Nachthimmels einfingen. Der helle Glanz der glitzernden Sterne wirkte wie eine zusätzliche, natürliche Beleuchtung.

Überall im Raum verteilt flackerten hohe weiße Kerzen, deren goldene Flammen sich in den dunklen Fenstern und rauchgrauen Spiegelwänden reflektierten und den Anschein erweckten, körperlos in der Luft zu schweben. Sofas und Sessel waren abgerundet und mit weichem Wildleder bezogen, dessen Farbe irgendwo zwischen Grau und Schwarz lag. Auf einem wunderschönen, handgeschnitzten Tisch schwamm ein kristallener Schwan auf einem Spiegelsee.

Ein phantastischer Raum, dachte Sydney beeindruckt. Und doch konnte sie das Gefühl nicht abschütteln, sich in einem tropischen Regenwald zu befinden, in dem ein hungriges Raubtier lauerte.

Sie zuckte unwillkürlich mit den Schultern. Ihre Phantasie ging wieder mit ihr durch. Als sie glaubte, sich im Zentrum des Raumes zu befinden, blieb sie stehen.

»Guten Abend.«

Beim Klang der tiefen Stimme zuckte sie zusammen. Sie hatte ihn noch nicht gesehen, und doch war er da! Er stand auf einer anderen Ebene, etwas über ihr, vor einem Fenster, und für einen Moment war seine Silhouette vor dem dunklen Hintergrund nicht auszumachen. Die Nacht und er schienen eins zu sein.

Wie sie mit der Zeit gelernt hatte, wartete sie einen Herzschlag lang, bevor sie antwortete. »Guten Abend.«

Drei Schritte, und er war bei ihr. »Danke, daß Sie gekommen sind.«

»Hatte ich eine andere Wahl?«

Er lächelte amüsiert. »Nein, eigentlich nicht, aber ich werde mich nicht dafür entschuldigen. Ich entschuldige mich nie. Darf ich Ihnen etwas zu trinken anbieten?«

»Nein . . . danke.«

Wie alles, was ihn umgab, war auch sein Haar dunkel, aber im Schein der Kerzen waren dünne silberne Strähnen zu erkennen, die sich durch sein Haar zogen wie Mondstrahlen. Sydney wies sich innerlich zurecht. Er war ein Mann wie alle anderen. Sie mußte aufhören, ihn mit der Nacht zu vergleichen. Und sie mußte zusehen, daß sie aus seiner Nähe kam.

Aber sie fühlte sich wie hypnotisiert von seinen Augen. Sie waren von einem dunklen Braun, in dem sich jetzt, als er sie anschaute, die Flamme der Kerze zu reflektieren schien. Er war groß, schlank und beeindrukkend. Sein formeller schwarzer Smoking unterstrich seine exotische Erscheinung nur. Aber am verwirrendsten von allem war die Energie, die seine männliche Ausstrahlung zu erzeugen schien, und von der sich Sydney beinahe körperlich ergriffen fühlte. Sie mußte sich mehrmals ermahnen, daß so etwas nicht möglich war.

»Bitte, ich möchte Ihnen wirklich gern etwas anbieten. Ich habe einen exzellenten Weißwein, den Sie sicher mögen werden. Er kommt aus meinen Weingärten im Barossa Valley bei Adelaide.«

Bitte, hatte er gesagt. Wie seine Sicherheitsbeauftragten war auch er extrem höflich, aber wenn Sydney seine Männer für gefährlich gehalten hatte, dann nur, weil sie ihren Chef nicht gekannt hatte. Er war die personifizierte Gefahr.

Fast hätte sie gestottert, aber sie nahm sich rechtzeitig zusammen. »Nein. Trotzdem vielen Dank.« Wenn sie ihre Antworten auf kurze Sätze beschränkte, würde es schon klappen.

»Möchten Sie nicht wenigstens Platz nehmen?«

Sydney wählte die Couch, weil sie am nächsten stand, und während sie sich setzte, fiel ihr auf, daß der Tisch vor ihr aus blaßgrauem Granit bestand, vermutlich aus den Black Mountains bei Cooktown.

Die Farben und Materialien in diesem Raum waren eine Manifestation des Mannes, der vor ihr stand – dunkel, hart, kühl. Sydney war ganz sicher, daß Nicholas keinen Innenarchitekten gebraucht hatte. Sie konnte sich fast vorstellen, daß er einfach eingetreten war und der Raum um ihn herum Form angenommen hatte . . .

So versunken in ihre phantastischen Überlegungen war sie völlig unvorbereitet, als er sich plötzlich neben ihr niederließ. Seine Nähe hüllte sie ein, sie spürte sie fast körperlich, deshalb beschränkte sie sich darauf, abzuwarten, was er ihr zu sagen hatte.

Sie bewegte den Kopf, und als der Kerzenschein ihr Haar berührte, wurde Nicholas klar, warum er ihre Haarfarbe auf dem Monitor nicht gleich richtig erkannt hatte. Auf den ersten Blick schien es braun zu sein, aber im Licht gab es den tiefroten, ins Blaue greifenden Ton eines guten Weines wider. »Gefällt es Ihnen hier? Genießen Sie Ihren Aufenthalt?«

Sein Small Talk begann ihr auf die Nerven zu gehen. »Sehr. Sie besitzen eine wunderschöne Insel, Mr. Charron.«

»Nennen Sie mich bitte Nicholas . . . ich werde Sie

Sydney nennen.« Als sie nichts erwiderte, fügte er hinzu: »Ja, die Insel ist schön. Ich hoffe, daß Sie alle unsere Einrichtungen ausnutzen werden, solange Sie hier sind.«

Sie hätte gern gewußt, worauf der sarkastische Ton in seiner Stimme zurückzuführen war, aber andere Fragen waren im Augenblick wichtiger. »Mr. Charron, warum haben Sie mich heraufbringen lassen?«

Er senkte den Kopf, um sich eine lange braune Zigarette anzuzünden, aber er ließ Sydney dabei nicht aus den Augen. »Ich wollte Sie kennenlernen.«

»Sie wollten mich . . . dann geht es also gar nicht um den Taschenrechner?«

Sein Mund verzog sich zu etwas, was ein Lächeln hätte sein können, aber Sydney war nicht sicher. »Sie hätten so klug sein sollen, den Rechner nicht vor allen Leuten herauszunehmen. Schon gar nicht direkt unter den Augen meiner Sicherheitsbeauftragten.«

»Ich wußte es nicht.«

»Was wußten Sie nicht?«

Seinem Ton war anzuhören, daß er belustigt war. Sydney besaß eine tiefsitzende Abneigung dagegen, Anlaß von Belustigung zu sein. Aber sie nahm sich zusammen und bemühte sich, ganz ruhig zu bleiben. »Ich wußte nicht, daß die Benutzung eines Taschenrechners in Casinos verboten ist.«

Nicholas nahm einen Zug aus seiner Zigarette und blies den Rauch aus. Dabei musterte er sie prüfend. »Es sind Vorsichtsmaßnahmen Leuten gegenüber, die ein System benutzen.«

»Ich benutze kein System. Ich habe bisher nicht einmal einen Einsatz gemacht.«

»Ich weiß.«

»Woher wissen Sie es?«

»Ich habe Sie beobachtet.« Er lächelte, als er den Ausdruck sah, der für einen Moment auf ihrem Gesicht erschien und ihr Erstaunen verriet, daß er es zugegeben hatte. Und während er lächelte, stellte er sich vor, wie es sein mochte, seine Finger in ihrem langen, seidig glänzenden Haar zu vergraben. »Sie sind ganz offensichtlich keine Gewohnheitsspielerin, Sydney. Haben Sie überhaupt eine Ahnung vom Glücksspiel?«

»Ich lerne es gerade.«

Jetzt, wo sie neben ihm saß, hatte Nicholas Gelegenheit, ihre Haut genauer zu betrachten. Sie war wie Samt, den jemand in den Mixer gesteckt und zu Schaum verarbeitet hatte, um ihn dann wie Tortenguß über ihr auszugießen. Er fragte sich nur, wie dieser cremige Samt wohl schmecken würde.

Unter seinem neugierigen Blick verschränkte Sydney ihre Hände, um ihre Nerven unter Kontrolle zu bekommen. »Ich brauchte den Rechner eigentlich nicht. Er ist nur eine Stütze für mich.«

»So? Sie brauchten ihn also nicht? Dann sagen Sie mir doch bitte, was das Integral von X zu K Potenz DX ist?«

»X zu K plus eins Potenz dividiert durch K plus Eins, natürlich.«

»Natürlich.«

»Außer wenn K gleich minus Eins ist.«

Im gleichen Augenblick wußte sie, daß sie besser nicht auf seine Frage eingegangen wäre. Er schien genausoviel von Mathematik zu verstehen wie sie, wenn nicht sogar mehr, sonst hätte er sicher nicht gefragt.

»Was sind Sie, Sydney Delaney?« fragte er sanft. »*Wer* sind Sie?«

»Ein Gast in Ihrem Ferienparadies, Mr. Charron, der sehr viel Geld in Ihrem Casino gewinnen wird.«

Er drückte seine Zigarette in einem kristallenen Aschenbecher aus. »Wirklich? Wieviel?«

»Fünfhunderttausend Dollar.«

Er blinzelte nicht einmal. »Tatsächlich?« So zart, wie er vielleicht einen Mondstrahl berührt hätte, aus Angst, er könnte sich unter seinen Händen auflösen, strich er mit den Fingerspitzen über ihre Kehle. »Ich muß sehr vorsichtig sein, um Sie nicht zu verletzen.«

Eine Hitzewelle ging durch Sydney, als er sie berührte. Die Worte erstarben in ihrer Kehle.

Seine Finger glitten zu ihren Lippen und zeichneten sanft ihre Umrisse nach . . . immer wieder . . . und immer wieder. »Warum wollen Sie soviel Geld gewinnen, Sydney?«

Seinen Wein habe ich abgelehnt, dachte sie abwesend, aber seine Berührung und seine Stimme sind noch viel gefährlicher. Sie hatte das Gefühl, daß ihr beides zu Kopf stieg wie schwerer, süßer Wein. Und da sie wußte, daß ihre Stimme das Verlangen, das in ihr erwacht war, verraten würde, blieb sie stumm.

»Spielen Sie der Erregung wegen?« Er ließ seine Fingerspitzen auf ihrem Mundwinkel ruhen. »Oder haben Sie ein teures Laster – einen Mann zum Beispiel, oder Drogen? Oder einen aufwendigen Lebensstil?«

Die federleichte Berührung seiner Fingerspitzen auf ihrer vollen Unterlippe schien ihre Haut zu versengen. Unwillkürlich öffnete sie den Mund. »Ich hoffe, daß es Ihr Lebensstil ist«, fuhr Nicholas fort und senkte den Kopf, bis sein Mund ihren Lippen gefährlich nahe war.

»Eine derartige Beziehung zu einem Mann könnte ich nämlich nicht zulassen.«

Sydney stockte der Atem; sie konnte sich nicht rühren. Mit seinen leisen Worten und seiner Berührung, die wie Feuer brannte, zog er sie in einen sinnlichen Rausch, wo kein Raum mehr war für etwas anderes als ihn.

»Und was Drogen betrifft«, murmelte er, »solltest du nur nach mir süchtig sein.«

Seine Worte kamen mit der Hitze und Macht eines mitternächtlichen Sturms. Als er ganz sanft ihre Lippen küßte, war sie entwaffnet, ihren Gefühlen so hilflos ausgeliefert, daß sie nicht wie sonst auf ihre eiserne Selbstbeherrschung zurückgreifen konnte.

Sie fühlte sich in einen Abgrund sinnlicher Empfindungen gezogen und konnte nichts dagegen tun. Seine Zunge streifte ihre, kam zurück, um zu kosten und zu erforschen. Ihr Blut raste durch ihre Adern; wildes Verlangen erwachte in ihr.

Egal, was geschieht, dachte sie, du darfst nicht nachgeben. Aber der Druck seiner Lippen wurde immer fordernder, zündete winzige Funken in ihrem Körper und löste ein wohliges Prickeln in ihr aus. Seine Hände glitten über ihren Rücken, streichelten zärtlich ihre Haut. Gib nicht nach! ermahnte sie sich. Gib bloß nicht nach!

Nicholas spürte ihren Widerstand und hörte auf, sie zu küssen. Er löste sich von ihr und betrachtete sie neugierig. Der Kuß hatte sie genauso aus der Fassung gebracht wie ihn, das wußte er. Und doch hatte sie nicht nachgegeben, sondern ihre Gefühle zurückgehalten. Warum?

Selbst jetzt glänzten ihre Augen noch, als dächte sie an den flüchtigen Moment geteilter Leidenschaft. Auch er erinnerte sich daran, aber er wollte mehr als flüchtige Momente. Sehr viel mehr. »Sydney Delaney«, murmelte er, »ich weiß nicht, was in dir vorgeht, aber ich werde es schon bald erfahren. Darauf kannst du wetten. Du wirst die Wette gewinnen.«

»Ich . . . ich . . . ich muß gehen«, sagte sie, während sie aufstand, und hoffte, daß er ihr Stottern nicht bemerkt hatte.

Nicholas erhob sich ebenfalls. »Laß uns morgen abend zusammen essen.«

Sie schüttelte den Kopf. »Ich . . .« Sie holte tief Luft, um sich zu entspannen. »Ich habe zu tun.«

»Was?«

»Nicholas, es gibt etwas, was du verstehen mußt. Ich bin nicht hergekommen, um mich zu amüsieren. Ich kam her, um eine große Summe Geld zu gewinnen, und das wird all meine Zeit und Konzentration beanspruchen.«

Nicholas sah zu, wie sie sich umwandte und zum Lift ging. Er wartete, bis sie auf den Knopf gedrückt hatte. Dann sagte er leise: »Sydney?«

Die Türen glitten vor ihr auf, aber beim Klang ihres Namens schaute sie über die Schulter zurück.

Nicholas lächelte. »Du scheinst zu glauben, daß ich eine Gefahr für deine Konzentration sein könnte. Danke.«

Für einen Moment glaubte er, sie würde etwas erwidern, aber sie drehte sich schweigend um und betrat den Lift. Während sie darauf wartete, daß sich die Türen schlossen, blieb sie aufrecht stehen, ihr schmaler, wohlgeformter Körper rührte sich nicht. Dann glitten die Türen zu, und Nicholas war allein.

Doch in seinem Gedächtnis brannte das Bild von Sydney Delaney. Auf seinen Lippen glaubte er noch ihren Kuß zu spüren. Und tief in seinem Innersten wühlte das Verlangen nach ihr.

2

Ihr ganzes Leben lang war Sydney schon früh am Morgen erwacht, zuerst in Killaroo und später in Brisbane, wohin sie gezogen war, als sie in der Bank zu arbeiten begonnen hatte. Aber am gestrigen Abend war sie erst gegen drei Uhr morgens in ihr Zimmer zurückgekehrt, und es war schon fünf gewesen, als sie endlich Schlaf gefunden hatte. Daher, zum ersten Mal in ihrem Leben, soweit sie sich erinnern konnte, schlief sie bis mittags.

Jetzt war es ein Uhr, und obwohl sie fertig angezogen war, zögerte sie noch, ihr Zimmer zu verlassen. Sie hatte sich heute den seltenen Luxus gestattet, Kaffee und Croissants beim Zimmerservice zu bestellen, und lag nun auf dem Bett, eine duftende Tasse Kaffee in der Hand. Alles war so perfekt geplant gewesen – und nun sah es so aus, als hätte sie bei ihrer Planung einen wichtigen Faktor übersehen. Nicholas Charron. Nach ihrer Begegnung mit ihm glaubte sie, ihre Gedanken und Pläne ganz neu ordnen zu müssen.

Dank der Bemühungen ihres Vaters besaß sie eine Menge Selbstvertrauen, das sich auch auf ihre Beziehungen zu Männern erstreckte. Sie wußte, daß sie sie attraktiv fanden, und auch sie empfand ihre Gesellschaft als angenehm. Aber obwohl sie sich häufig verabredete, war es bisher keinem Mann gelungen, die Kontrolle zu brechen, die sie über ihre Gefühle ausübte. Und so sollte es auch bleiben, obwohl sie am Abend zuvor in Nicholas' Armen zum ersten Mal den Wunsch verspürt hatte, ihren Emotionen nachzugeben. Aber es war ihr bewußt, daß sie sich derartige Wünsche im Augenblick nicht leisten konnte.

Am Rande eines Abgrunds zu leben, war ihr viel zu riskant. Und Nicholas Charron war ein solcher Abgrund . . .

Nach dem letzten Schluck Kaffee wurde ihr klar, daß die Lösung ihrer Probleme im Grunde genommen ganz simpel war. Sie brauchte Nicholas nur aus dem Weg zu gehen. Was zum Glück nicht schwer sein würde, wenn man bedachte, daß er den Ruf besaß, ein Einsiedler zu sein.

Nachdem sie diese Entscheidung getroffen hatte, ging Sydney zu anderen Überlegungen über, die vor allem den Anlaß ihres Aufenthalts auf der Insel von Charron betrafen.

Es war das irische Blut in ihr, das sie an Glück glauben ließ, aber sie glaubte auch an Intelligenz und Geschicklichkeit. Den ganzen letzten Monat vor ihrer Abreise hatte sie mit dem intensiven Studium von Glücksspielen verbracht.

Mit ihrem Gehalt als Bankangestellte war es ihr gelungen, eine ansehnliche Summe zurückzulegen, mit der Absicht, eines Tages ihrem Vater unter die Arme greifen zu können. Der Moment war schneller gekommen als erwartet, und obwohl ihre Ersparnisse der erforderlichen Summe nicht einmal entfernt nahekamen, reichten sie doch aus für die Reise auf die Insel und den Einsatz an den Spieltischen in den kommenden Wochen.

Einen kleineren Teil des Geldes hatte sie für Reise, Hotel und Mahlzeiten zurückgelegt, aber der Löwenanteil, ungefähr zehntausend Dollar, war für das Glücksspiel vorgesehen. Sydney hatte vor, jeden Abend eine bestimmte Summe zu riskieren, und falls sie sie verlor, erst am nächsten Abend weiterzuspielen. Sie glaubte fest an Glücks- und Pechsträhnen, und hatte daher beschlossen, ihr Pech nicht zu vergrößern, indem sie versuchte, ihre Verluste noch am selben Abend auszugleichen. Sie würde einfach bis zum nächsten Tag warten und es dann von neuem versuchen.

Die Kleiderfrage war kein Problem gewesen, da sie sich in den sechs Jahren, in denen sie arbeitete, eine recht ansehnliche Garderobe zugelegt hatte. Zwar war das meiste davon nicht unbedingt das, was man an einem Ferienort brauchte, aber da sie in Brisbane sehr viel ausging, waren viele ihrer Kleider durchaus für einen Abend im Casino geeignet. Sie hatte lediglich ein paar notwendige Kleinigkeiten dazugekauft.

Was das eigentliche Spielen betraf, hatte sie sich an den ersten Abenden im Casino damit begnügt, den anderen Spielern zuzuschauen und die Pros und Contras jeder Spielart gegeneinander abzuwägen. Da sie das Glück hatte, ein fotografisches Gedächtnis zu besitzen, war sie zu dem Schluß gekommen, daß ihre besten Chancen beim Blackjack zu finden waren. Und heute abend wollte sie ihr theoretisches Wissen zum ersten Mal in die Praxis umsetzen.

Während sie ihr Croissant aß, schaute sie sich nachdenklich im Zimmer um. Ein Überwurf aus seegrünem Satin lag am Fußende ihres Betts; auf einem Beistelltisch stand eine Kristallschale mit einer Sammlung von Muscheln und Korallen. Es war das kleinste, billigste Zimmer, das das Hotel anbot, und doch immer noch viel luxuriöser als die üblichen Hotelzimmer. Außerdem war es makellos sauber.

Aber Sydney haßte Wände, und die Wände, die sie umgaben, schienen plötzlich erstickend nahe. Untätigkeit war eine andere Sache, die Sydney als unerträglich empfand. Deshalb wurde es Zeit, sich in die Welt hinauszubegeben, oder wenigstens, dachte sie spöttisch, in den Teil der Welt, der Nicholas Charrons Reich war.

Sie nahm ihre Handtasche und verließ ihr Zimmer. Vor der Tür stieß sie mit dem Orientalen zusammen, der am Abend zuvor versucht hatte, sie in das Sicherheitsbüro des Casinos zu bringen.

»Oh, entschuldigen Sie bitte!« rief Sydney aus. »Ich hatte Sie nicht gesehen.« Obwohl er sehr hager war und bestimmt zehn Zentimeter kleiner als sie selbst, hatte sie bei dem Zusammenprall die Kraft gespürt, die in dem Mann steckte. Trotzdem war sie besorgt. »Habe ich Ihnen wehgetan?«

Bei einem weniger bedrohlich wirkenden Menschen hätte der Ausdruck, der auf seinem Gesicht erschien, als Belustigung gewertet werden können. Er verbeugte sich vor Sydney und ging weiter, ohne ein einziges Wort gesagt zu haben. Sydney schaute ihm nach, bis er um die Ecke gegangen war. Was für ein merkwürdiger kleiner Mann! dachte sie verwundert. Aber so seltsam er auch sein mochte, sie wäre ihm nachts lieber nicht in einer dunklen Straße begegnet!

Während sie durch die zweistöckige Eingangshalle ging, begegnete sie nur sehr wenigen Gästen, was nicht ungewöhnlich war, da die Hauptaktivität im Hotel meistens erst ab vier Uhr nachmittags begann.

Auf ihrem Weg über den breiten Korridor bewunderte

sie die Geschicklichkeit, mit der die Schönheit der Insel im Foyer wiedergegeben wurde. Identische Blumenbeete mit roten und blauen tropischen Blumen säumten die Glaswände, die hier und da von riesigen Felsbrocken getrennt wurden, von denen sich jeweils die Hälfte drinnen und die andere draußen befand, so daß man nicht sicher sein konnte, wo das Hotel aufhörte und die Insel begann.

Sydney ging über einen mit zerstoßenen Korallen ausgelegten Weg, der ebenfalls an beiden Seiten von bunten tropischen Blumen gesäumt wurde, deren Farbe und Duft so überwältigend war, daß man den Eindruck hatte, sich im Dschungel zu befinden. Links von ihr erstreckte sich ein Swimmingpool in Form eines natürlichen Sees. Einige wenige Gäste lagen faul ausgestreckt am Rand des Pools, aber keiner schien die Energie zum Schwimmen zu haben. Hinter dem Pool warteten Tennisplätze, auch sie leer und unbenutzt. Sydney erinnerte sich an Nicholas' Worte, er hoffe, sie werde alle Einrichtungen des Hotels benutzen, und schüttelte den Kopf. Er hatte für die vielseitigsten Unterhaltungsmöglichkeiten gesorgt, aber nur wenige Gäste schienen sie auszunutzen.

Sie blieb stehen und schaute zum Hotel- und Casinokomplex zurück – Charrons Glaspalast. Das Hauptgebäude, das sich im Zentrum befand, war drei Stockwerke hoch. Zweistöckige Flügel zu beiden Seiten entfernten sich halbkreisförmig vom Hauptgebäude, der natürlichen Form der Insel folgend. Sydney legte den Kopf zurück und betrachtete die Glasstruktur, die geschickt verstärkt worden war, um den tropischen Stürmen standzuhalten, die die Insel jedes Jahr schüttelten. Im

Glas reflektiert, schienen sich die grellen Farben der Insel zu einem impressionistischen Gemälde zu vereinigen. Gut ausgedacht, Mr. Charron, dachte Sydney anerkennend.

Ein schmaler Pfad kreuzte den Hauptweg. Er führte durch dichtes grünes Gebüsch, von hohen Palmen überschattet, zum Strand hinunter. Sydney hob die Hände vor die Augen, um sie vor der gleißenden Sonne zu schützen, als sie aus dem Schatten der Bäume trat. Das indigoblaue Meer schimmerte in der Ferne wie vom Wind geblähte Seide. Direkt vor Sydney, wo die Wellen sich an den Korallenriffen brachen, die diese Seite der Insel säumten, war das Wasser türkisblau und still.

Die Schönheit der Szenerie war fast nicht aufzunehmen in der kurzen Zeit, die Sydney zur Verfügung stand, und für einen Moment wünschte sie, für einen langen Urlaub gekommen zu sein. Aber dann dachte sie seufzend, daß vermutlich nicht einmal ein ausgedehnter Urlaub genug sein würde, um diesen paradiesischen Ort in seiner ganzen Schönheit kennenzulernen.

Sie wandte sich ab und ging quer durch den Wald, um zum Hotel zurückzukehren. Dabei glaubte sie für eine Sekunde einen der beiden Männer zu sehen, die am Abend zuvor so plötzlich neben ihr erschienen waren und sie erschreckt hatten. Den Mann mit dem Gesicht, das wie aus Fels gehauen schien. Ein beängstigendes Gefühl ergriff sie sekundenlang, dann war es verflogen.

Ihre Umgebung war viel zu schön, um sich lange Gedanken um den Mann zu machen. Sie war den Pfad seit ihrer Ankunft jeden Tag gegangen und kannte ihn daher gut. So ging sie also weiter, bis sie die Bäume hinter sich gelassen hatte und eine Lichtung und die Lagune erreichte.

Dort verhielt sie ihren Schritt. Schwarze Schwäne glitten majestätisch über das türkisfarbene Wasser der Lagune. Als Kind hatte sie in Büchern Bilder von schwarzen Schwänen bewundert, aber diese Tiere nie in der freien Natur gesehen, bis sie zur Insel von Charron gekommen war.

Es waren immer magische Tiere für sie gewesen – so schön, so wild, und so frei. Und sie hatten sie nicht enttäuscht, als sie sie zum ersten Mal sah. Sie waren die schönsten Wesen, die sie je gesehen hatte. Fasziniert schaute sie zu, wie sie stumm und in königlicher Haltung über das stille Wasser glitten.

Sydney schaute sich um, wählte einen Platz und hockte sich in den warmen Sand.

Obwohl die Insel von Charron das nächstgelegene Casino mit staatlicher Genehmigung war, wenn man bedachte, daß sie in Brisbane lebte, hätte sie natürlich auch nach Alice Springs fahren können. Auch in Darwin gab es ein Casino, obwohl das schon sehr weit entfernt war, und in Tasmanien gab es noch zwei andere. Aber das Gerücht, daß die größten Summen in Charrons Glaspalast gewonnen und verloren wurden, hatte ihre Entscheidung, auf die Insel zu kommen, nur zum Teil bestimmt.

Es waren die schwarzen Schwäne von Charron gewesen, die sie mit unwiderstehlicher Macht angelockt hatten. Sie waren der eigentliche Grund, warum sie sich für Charron entschieden hatte, in gewisser Weise eine Verwirklichung ihrer Kindheitsträume.

Dabei hatte sie anfangs befürchtet, gar nicht auf der

Insel bleiben zu können. Ein Hindernis war die Exklusivität der Ferienanlage gewesen. Nur durch die unerwartete Stornierung eines Einzelzimmers hatte sie die Möglichkeit bekommen – und sofort ergriffen –, ihre Pläne zu verwirklichen.

Von ihrem Platz aus konnte sie das leise Rauschen des Meeres hören. Das Wasser der Lagune schwappte bis an ihre Füße. Irgendwo über ihr kreischte heiser eine Möwe. In der Nähe flatterte ein großer blauer Schmetterling über einer scharlachroten Kanablume. Geräusche und Bewegungen der Natur, unendlich friedlich, unendlich beruhigend.

Ein zurückschnappender Zweig hinter ihr verriet einen unwillkommenen Eindringling in diesen Frieden. Sydney drehte sich um und sah den Mann mit dem harten Gesicht in den Büschen lauern. Sie sprang auf. Es war Angst, aber auch Ärger, was sie stottern ließ. »W-w-warum folgen Sie mir?«

Zuerst glaubte sie, er würde erneut im Wald untertauchen, aber dann kam er langsam aus dem Gebüsch.

»Antworten Sie!«

»Befehle, Miß Delaney.«

»Wessen Befehle?« fragte sie, überflüssigerweise.

Der Mann zögerte, wandte den Blick ab, als schämte er sich, ihr ins Gesicht zu sehen. »Das kann ich nicht sagen.«

»Dann bringen Sie mich zu jemandem, der es kann.«

Er wandte sich folgsam um, und Sydney ging ihm nach. Ihre einzige Überraschung war, daß der Mann sie nicht, wie erwartet, in Nicholas Charrons Büro führte, sondern zu Mike Nolan.

Der Chef des Sicherheitsdienstes saß über einen Stapel

Papiere gebeugt, aber als er sie eintreten sah, stand er auf und lächelte sein einnehmendes, charmantes Lächeln. »Miß Delaney! Wie schön, Sie zu sehen. Sie haben mich gerettet.« Mit einer Handbewegung deutete er auf die Akten auf seinem Schreibtisch. »Das ist es, was ich am meisten an meiner Arbeit hasse.«

»Mr. Nolan, warum werde ich beschattet?«

»Aha.« Er nickte. »Sie haben Julian entdeckt. Das erklärt, warum Sie so wütend aussehen. Julians Geschick scheint nachzulassen. Er ist noch nie entdeckt worden.«

»Julian?« wiederholte Sydney verwirrt.

»Der große Mann, der Sie hergebracht hat. Ich glaube, er hat sich in Sie verliebt. Erst heute morgen hat er mir gesagt, wie schön er Sie findet.«

Sie glaubte ihm kein Wort. Männer, die ein Gesicht wie aus Stein gehauen hatten, sagten solche Dinge nicht. Sydney starrte Mike kühl an. »Ich wiederhole meine Frage: Warum werde ich verfolgt, Mr. Nolan?«

Er ging um seinen Schreibtisch, bis er davorstand und sich an die Platte aus Walnußholz lehnen konnte. »Ich bin ausgesprochen froh, Ihnen sagen zu können, daß die gesamte Verantwortung dafür bei Nicholas liegt.«

Das wußte Sydney bereits, und sie dachte nicht daran, sich von Mikes humorvoll zwinkernden grünen Augen besänftigen zu lassen. »Ich habe gefragt, *warum*. Was habe ich getan, um irgend jemanden auf den Gedanken zu bringen, ich könnte gefährlich sein?«

Nun grinste Mike ganz offen. »Gute Frage.«

Sydney zog verärgert die Brauen zusammen. »Wie lauten Ihre Befehle genau?«

»Daß Sie daran gehindert werden sollten, die Insel zu verlassen.«

Sydney ballte die Hände zu Fäusten. Eiserne Kontrolle hatte bisher ihr Leben bestimmt, aber es war ihre *eigene* Kontrolle gewesen. Glaubte Nicholas etwa, ihre Begegnung vom Abend zuvor hätte sie dermaßen verstört, daß sie die Flucht ergreifen würde?

Das Eis in ihrer Stimme hätte einen weniger selbstsicheren Mann erschüttert. »Sagen Sie Mr. Charron, daß es mehr als einer Begegnung mit ihm bedarf, um mich dazu zu veranlassen abzureisen, bevor ich soweit bin.«

Mike maß sie mit interessiertem Blick. »Warum sagen Sie es ihm nicht selbst?«

Es dauerte eine Minute, bis sie ihre Nerven wieder unter Kontrolle hatte. Dabei war es noch gar nicht lange her, daß sie beschlossen hatte, Nicholas Charron aus dem Weg zu gehen. »Auch gut. Wo ist er?«

»Er schläft. Er schläft bis Sonnenuntergang. Aber Sie können es ihm heute abend beim Dinner sagen. Gewöhnlich ist er gegen neun Uhr hier.«

»Hier? Wollen Sie damit sagen, daß er woanders schläft?«

»In den meisten Nächten fährt er zu seinem Haus auf der anderen, wilderen Seite der Insel. Es gefällt ihm besser dort.«

»Ich verstehe.« Tagsüber schlief Nicholas also auf der wilderen Seite seiner Insel. Und nachts schlich er durch seinen Glaspalast wie ein Panther durch den Dschungel. »Na schön, Mr. Nolan . . .«

»Mike. Nennen Sie mich doch bitte Mike.«

Warum nicht? dachte Sydney resigniert. Es sah ganz danach aus, als sollte sie noch öfter mit Nicholas' Sicherheitsagenten zu tun bekommen. »Mike, rufen Sie bitte Ihre Wachhunde zurück, auch den kleinen.«

»Den kleinen? Oh, Sie meinen sicher Sai.«

»Sai«, wiederholte Sydney und verdrehte die Augen. »Sie haben mein Wort, daß ich mich nicht fortschleichen werde, falls ich vorhabe, die Insel zu verlassen. Das ist nicht meine Art, und wenn Mr. Charron mich besser kennen würde, wüßte er es.«

»Ich glaube, Sie besser kennenzulernen, ist genau das, was er vorhat, Sydney. Ich hoffe, Sie halten sich an Ihr Versprechen. Mein Leben wäre nicht mehr viel wert, wenn ich Sie entkommen ließe.«

»Erstaunlich«, murmelte sie schwach.

Mike zuckte die Schultern. »Nick ist ein erstaunlicher Mann.«

Nicholas war wieder da, oben im Kontrollraum, und beobachtete sie. Sydneys Nerven hatten es ihr im gleichen Augenblick verraten, in dem er eingetroffen war. Aus Neugier hatte sie auf die Uhr geschaut. Halb neun. An diesem Abend hatte sie ihr langes Haar zu einem weichen Knoten aufgesteckt, und jetzt hob sie die Hand und strich über ihren Nacken, wo sich sämtliche Härchen aufgerichtet hatten.

Sie spielte schon seit mehreren Stunden Black Jack, war total vertieft gewesen in ihr Spiel, als sie seinen Blick zum ersten Mal gespürt hatte. Und diesmal fragte sie sich, warum sie fühlen konnte, daß er sie beobachtete. Wie war so etwas möglich? Es war wie eine unheimliche Verbindung, die zwischen ihnen bestand, eine sinnliche Verknüpfung, unabänderlich und unausweichlich wie der Ablauf der Gezeiten.

Sydney bemühte sich, ihre Aufmerksamkeit wieder

auf das Spiel zu richten. Ihre Gewinne und Verluste hatten sich bisher die Waage gehalten, deshalb war sie nicht übermäßig besorgt. Und sie spielte auch noch nicht mit nennenswerten Einsätzen, denn noch befand sie sich in einer Lernperiode.

Drei andere Spieler saßen außer ihr am Tisch, und der Croupier hatte gerade zwei der Spieler bedient. Nun deckte er seine oberste Karte für Sydney auf. Ein As. Sydney schaute auf ihre Karten. Sie hatte eine Acht und eine Neun in der Hand. Ohne lange nachzudenken, gab sie dem Croupier zu verstehen, daß sie eine weitere Karte haben wollte. Es war eine Vier. Einundzwanzig.

Das Stöhnen des Mannes neben ihr registrierte sie kaum, dafür war sie viel zu ärgerlich auf sich selbst. Sie hätte die dritte Karte nie verlangen dürfen. Der Croupier sammelte die Karten ein und schob die Chips zu ihr hinüber. Es war pures Glück gewesen, daß sie gewonnen hatte, denn Nicholas hatte ihre Konzentration empfindlich gestört. Sie sammelte ihre Chips ein und stand auf, um eine Pause zu machen.

Aber zuerst . . . Mit trotziger Miene erhob sie ihren Blick zu der Spiegelwand, hinter der er, wie sie wußte, stand, um ihm zu zeigen, daß seine Anwesenheit ihr nichts bedeutete. Aber ihre Geste erwies sich als Bumerang, denn nun spürte sie Nicholas' Blick so intensiv wie eine körperliche Berührung, unter der ihr ganz heiß wurde. Die Energie, die zwischen ihnen ausgetauscht wurde, war wie ein alles versengender Feuerstrom . . .

Erschüttert wandte sie sich ab und verließ rasch das Casino.

Ihr Ziel war der Hotellift. Sie wollte sich in ihrem

Zimmer eine Weile ausruhen. Aber an der Tür zum Aufzug lehnte Mike. Sein langer, schlanker Körper blockierte die Schalttafel.

Sydney maß ihn mit einem mißtrauischen Blick und erntete ein charmantes Lächeln. Aus dem Augenwinkel sah sie eine Blondine, die Mike verlangend musterte. Mike Nolan war in der Tat ein auffallend attraktiver Mann.

»Nicholas möchte Sie sehen.«

Zorn stieg in ihr auf. »Und er hat Sie geschickt, um es mir zu sagen?«

»Richtig.«

»Mike, ich weiß zufällig, daß er zwei gesunde Beine besitzt, und gestern abend schien er auch keine Sprachschwierigkeiten zu haben. Warum kommt er nicht selbst?«

»Er macht es lieber auf diese Weise.«

»Sagen Sie mal, Mike, finden Sie es nicht ein bißchen demütigend, Ihrem Boß Frauen beschaffen zu müssen?«

Sie hatte es als Beleidigung gemeint, aber er lachte nur gutmütig. »Ach nein, eigentlich nicht. Meistens ist es so einfach, Nick Frauen zu besorgen, daß es mich langweilt. Er sagt mir, wen er will, ich gebe die Botschaft weiter, und die entsprechende Frau ist einverstanden.«

Sydney traute ihren Ohren nicht. »Sagen Sie mir das ganz im Ernst, Mike, oder soll es ein Witz sein?«

»Sydney«, erwiderte er freundlich, »die Frauen, die Nick in seine Suite einlädt, bekommen genau das, was sie haben wollen – eine Chance, mit dem berüchtigten Nicholas Charron zu schlafen.«

»Warum erzählen Sie mir das alles?«

Ein verwirrter Ausdruck erschien auf seinem Gesicht. Dann lachte er. »Das weiß ich auch nicht genau.«

Die Feststellung, daß Mike ihr sympathisch war, verringerte Sydneys Ärger ein wenig, aber nicht genug. »Für den Fall, daß Sie gewisse Zweifel haben, was mich betrifft – ich gehöre nicht zu den Frauen, die mit ihm schlafen wollen.«

»Oh, das weiß ich, aber ich glaube, was Sie wollen, ist im Endeffekt nicht von Bedeutung.«

Sydney hatte plötzlich das Gefühl zu ersticken und empfand den verzweifelten Wunsch, eine Weile allein zu sein. »Mike, haben Sie die hübsche Rothaarige gesehen, die am Roulettetisch spielt?«

Seine grünen Augen funkelten heiter. »Natürlich.«

»Dann sagen Sie Mr. Charron, er solle sein Glück bei ihr versuchen. Ich wette, sie wird keine Sekunde zögern, seiner Einladung nachzukommen.« Nach dieser spöttischen Bemerkung griff sie hinter Mikes Rücken und drückte auf den Aufzugknopf.

Wenige Minuten später drehte sie ihren Schlüssel um und betrat ihr Zimmer. Sie streckte die Hand aus und betätigte den Schalter der Lampe, die auf der Kommode stand.

Das Licht flammte auf und tauchte die Mitte des Raums in seinen hellen Schein. Aber es reichte kaum, um die Zimmerecken auszuleuchten. In einer dieser Ecken, auf dem einzigen Stuhl, saß Nicholas Charron.

Sydney war so empört, daß sie beinahe losgestottert hätte. Sie wollte fragen: Was machst du hier? Was fällt dir ein? – doch sie nahm sich rechtzeitig zusammen und legte nur schweigend ihre Handtasche auf die Kommode. Dann sagte sie ruhig: »Es ist mir bewußt, daß dir dieses Hotel gehört, Nicholas. Aber findest du es nicht trotzdem unmoralisch, einen Raum zu betreten, den einer deiner Gäste bewohnt?«

»Moral hat mir nie viel bedeutet.« Er stand auf und kam zu ihr hinüber. »Übrigens mag ich es, wie du *Nicholas* sagst.« Er strich sanft über ihre Wange. »Du bist böse auf mich.«

Unter seiner Berührung wurde ihr ganz warm. Aber sie ignorierte es. »Woher willst du das wissen? Du hast keine Zeit gehabt, mit Mike zu reden. Ich habe ihn gerade noch gesehen.«

»Ich sah den Blick, den du mir aus dem Casino zugeworfen hast. Du hast Temperament, Sydney.«

»Und du hast keine Manieren, Nicholas. Was bringt es dir, eine Frau kommen zu lassen, als sei sie ein Artikel, den man beim Zimmerservice bestellen kann?«

»Bisher war das alles, was sie mir bedeutet haben.«

Seine aufrichtige Antwort verschlug ihr die Sprache.

»Bisher«, wiederholte er leise. »Bei dir fängt ein ganz neues Kapitel an, und ich kann es kaum erwarten, es zu schreiben.«

Ein Gefühl, das sie sich nicht erklären konnte, schnürte ihr die Kehle zusammen, und sie mußte sich räuspern, bevor sie etwas erwidern konnte. »Warum?«

»Wenn ich es herausfinde, werde ich es dir sagen.«

»Ich lasse mich nicht bestellen, Nicholas, und ich lasse mich auch nicht ständig beobachten.«

»Das Problem ist leicht zu lösen, Sydney. Bleib bei mir.«

Einen derart frustrierenden Mann hatte sie nie gekannt. Oder einen so aufregenden. Es kostete sie eine gewaltige Anstrengung, nicht zu stottern. »Tust du immer nur das, was du willst?«

»Immer.« Während sie über seine Antwort nachdachte, steckte er die Hände in die Hosentaschen und schaute sich im Zimmer um. »Es ist eines unserer kleinsten Zimmer. Ich glaube, es war mir nie so richtig bewußt, wie klein es ist, bis ich hier saß und auf dich wartete.«

»Für meine Zwecke ist es groß genug.«

»Zwecke? Ich nehme an, du meinst deine Absicht, eine halbe Million Dollar zu gewinnen?«

Sydney nickte und fragte sich, ob sie es zur anderen Seite des Raumes schaffen würde, ohne ihn zu streifen. Dann beschloß sie, daß es sehr unwahrscheinlich war, und blieb, wo sie war.

»Ich mache dir einen Vorschlag. Sag mir, wofür du fünfhunderttausend Dollar brauchst, und ich schicke nie wieder nach dir.«

Ihr Lächeln kam völlig unerwartet für ihn, ein Lächeln, so geheimnisvoll wie das der Mona Lisa; ein Lächeln, für das er Berge versetzt hätte, um hinter die Geheimnisse zu kommen, die es zu verbergen schien. Es brachte ihn fast so sehr aus der Fassung wie ihre nächsten Worte.

»Ich kann dir nur sagen, daß das Geld für einen Mann ist.«

Er trat betroffen zurück.

Ihre Erleichterung über die Distanz, die nun zwischen ihnen bestand, war schnell verflogen, als er den Arm ausstreckte und ihr Nachthemd vom Bett nahm. Mit sinnlichen Bewegungen ließ er die blaßgoldene Seide durch seine Finger gleiten.

Es paßt zu ihrer Haut, dachte Nicholas und war

plötzlich ganz sicher, daß ihre Haut sich nicht anders anfühlen konnte, als die Seide, wenn sie das Nachthemd trug und er seine Hände über ihren Körper gleiten ließ . . .

»Sag mir, Sydney, warum ausgerechnet fünfhunderttausend Dollar? Warum nicht sechshunderttausend oder vierhunderttausend?«

Der blasse Goldton ihres Nachthemds auf seinen gebräunten, fast kupferfarbenen Händen ließ Sydney heftig schlucken. Der Anblick ihres zarten Kleidungsstückes in den Händen eines so harten, so maskulinen Mannes versetzte ihre Sinne in eine Aufregung, die nur sehr schwer zu unterdrücken war.

»Ich habe dir alles gesagt, was ich zu diesem Thema sagen kann. Es ist eine private Angelegenheit.«

Nicholas hielt ihr Nachthemd an sein Gesicht und atmete tief ein. Als er danach den Kopf hob, waren seine Augen fast schwarz. »Du duftest wie Blumen bei Sonnenaufgang, wenn sie unter der sinnlichen Wärme des beginnenden Tages ihre Knospen öffnen.«

Die Hitze, die sich in ihren Gliedern ausbreitete, ließ ihre Knie schwach werden. Sie sagte sich, daß sie etwas tun mußte, um die Situation unter Kontrolle zu bekommen. »Woher willst du wissen, wie Blumen bei Sonnenaufgang duften? Soviel ich weiß, siehst du die Sonne nie. Du kommst nur bei Nacht heraus, wie . . . wie ein Vampir.«

Nicholas lachte, ein warmes, tiefes Lachen. Er kam zu ihr und wickelte ihr das Nachthemd um den Hals, so daß sie das kühle, glatte Material im Nacken spüren konnte. »Es ist wahr, ich liebe die Nacht. Alles ist sanfter, stiller bei Nacht. Und die Narben sind nicht so leicht zu erkennen.«

Mit dem Nachthemd zog er sie langsam an sich, bis ihre Brustspitzen seine Rippen berührten und sie an ihrem Magen seine harten Bauchmuskeln spüren konnte. »Aber da ist noch etwas, was du bedenken solltest, Sydney. Vielleicht bin ich ja wirklich ein Vampir – der deine Unschuld und Leidenschaft braucht, um leben zu können.« Seine nächsten Worte waren kaum mehr als ein Flüstern. »Wenn du feststellst, daß das die Wahrheit ist, was wirst du tun? Davonlaufen?«

Seide . . . Seide um ihren Hals . . . Seide an ihrem Ohr: Worte, die so sinnlich sanft gesprochen wurden, daß sie an Seide erinnerten. Auch sein Atem zart wie Seide, dicht an ihrem Mund. Es war zuviel für sie. »N-n-n-nein. N-n-n-natürlich nicht.«

Ein merkwürdiger Blick erschien in seinen Augen, kam und ging, aber Sydney sah es nicht. Sie starrte nur wie hypnotisiert auf seinen Mund, und als er ihre Lippen berührte, erwachte ein wohliges, schmerzhaftes Sehnen in ihr.

Nicholas' war beinahe schwindlig von ihrer Nähe. Sein Körper drängte danach, sich das zu nehmen, wonach es ihn verlangte. Aber sein Verstand brachte ihm ihr Stottern zum Bewußtsein, und eine überwältigende Zärtlichkeit, wie er sie noch nie für eine Frau empfunden hatte, erfüllte ihn plötzlich. Das Nachthemd entglitt seinen Händen, während er sich bemühte, seine Erregung zu dämpfen. Indem er seine eigenen Bedürfnisse zurückstellte und Sydney zärtlich küßte, versuchte er, ihr Verlangen ganz allmählich zu wecken, mit Hilfe seiner Lippen und seiner Zunge, verzichtete darauf, andere, erfahrenere Liebkosungen zu Hilfe zu nehmen. Und dafür wurde er mit einer wahren Flut süßer Zärtlichkeit belohnt.

Leidenschaft, vereint mit Zärtlichkeit. Das war etwas, was er noch nie zuvor erlebt hatte. Aber es war ein gutes Gefühl, das er mit Vergnügen genießen würde . . . eine Woche lang . . . einen Monat . . . vielleicht sogar länger.

»N-N-Nicholas.«

Er hob den Kopf und schaute sie an. Mit ihren leicht geschwollenen Lippen, denen man seinen Kuß noch ansah, war sie noch schöner. Aber in ihren Augen lag ein verwundeter Blick, und er verstand, warum. Er verstand jetzt so viel mehr.

Sie entfernte sich so weit von ihm, wie es der begrenzte Raum zuließ. »Das hättest du nicht tun sollen.« Ein leises Zittern lag in ihrer Stimme, aber falls es ihm aufgefallen war, ließ er es sich nicht anmerken.

Rein instinktiv wußte er, daß er, falls er jetzt an Boden verlor, ihn nie zurückgewinnen würde. »Du meinst, daß ich dich geküßt habe?« Er griff in seine Tasche und zog eine Zigarette heraus. Dann zündete er sie umständlich an. »Warum nicht? Es war doch nett. Mir hat es Spaß gemacht. Dir auch.«

»Ich . . .«

»Du was, Sydney? Hat es dir nicht gefallen? Das glaube ich dir nicht. Also erzähl mir etwas anderes.«

Mit bebenden Händen versuchte sie, ihr Haar zu ordnen, strich es ärgerlich zurück und gab es schließlich auf.

»D-d-das ist es ja gerade, Nicholas. Worte scheinen keine Bedeutung für dich zu haben. Oder vielleicht sind es nur *meine* Worte, die keine Bedeutung für dich haben.«

Nicholas maß sie mit einem eindringlichen Blick, bevor er ein letztes Mal an seiner Zigarette zog und sie ausdrückte. Dann kam er zu Sydney und zog ihr mit geübter Hand die Nadeln aus dem Haar, bis es wie ein schimmernder Wasserfall auf ihre Schultern fiel. »Was ist es denn, was ich, deiner Ansicht nach, hören möchte?«

»Du willst, daß ich ja sage.«

»Oh, du wirst schon noch ja sagen, Sydney! Daran zweifle ich nicht. Du wirst ja *rufen*, ja *schreien*. Und das schon sehr bald.«

»H-h-hat noch nie eine Frau nein zu dir gesagt, Nicholas?« Er lächelte. »Vor dir hat es keine anderen Frauen gegeben.«

»Jetzt glaube ich dir nicht. Es ist eine bekannte Tatsache, daß du . . .«

»Alles, was du über mich gehört hast, ist vermutlich wahr, Sydney. Ich möchte, daß du das weißt.«

Sie schüttelte den Kopf. »D-d-du sagst die verrücktesten Sachen. Ich weiß nicht, was ich glauben soll.«

Er nahm ihr Gesicht zwischen beide Hände und schaute ihr tief in die Augen. »Eins kannst du mir glauben. Ich werde dich wieder küssen . . . immer wieder . . . und immer wieder. Und dann wirst du mich um mehr bitten.«

3

Drei Nächte waren vergangen, seit Nicholas in Sydneys Zimmer auf sie gewartet hatte. Manchmal wußte sie, daß er oben in seinem Kontrollraum war und sie beobachtete, aber sie hatte inzwischen gelernt, damit fertigzuwerden, ohne sich allzusehr beirren zu lassen. In gewisser Weise war ihr seine unsichtbare Gegenwart sogar eine Hilfe, vielleicht, weil sie glaubte, ihm etwas beweisen zu müssen – daß er ihre Konzentration nicht beeinträchtigte und sie ihre fünfhunderttausend Dollar auf jeden Fall gewinnen würde.

Aber was auch immer der Grund sein mochte, sie war nun tatsächlich fähig, sich auf das Spiel zu konzentrieren, und das beste an allem war, daß sie immer größere Summen gewann. Sie war sehr erfreut. Ihr Plan schien zu funktionieren.

Nur ab und zu fragte sie sich, warum Nicholas beschlossen haben mochte, sie in Ruhe zu lassen. Und versuchte, sich einzureden, daß es pure Neugier war, was sie zu diesen Überlegungen veranlaßte.

Mike betrat den Kontrollraum und schloß die Tür hinter sich. Seine Augen suchten und fanden den Mann, der seit vielen Jahren sein bester Freund war, bei den Monitoren. Mike ging zu ihm hinüber.

Er brauchte nicht auf den Bildschirm zu schauen, um zu wissen, wen Nicholas beobachtete. »Wie geht es der schönen Sydney heute abend?«

Nicholas zündete sich eine Zigarette an, bevor er antwortete: »Sie ist schön.«

»Das kann man wohl sagen. Die Männer drängen sich an den Tischen, an denen sie spielt. Ich fürchte, es wird nicht mehr lange dauern, bis ich einen Streit zu schlichten habe.«

Nicholas lächelte schwach. Mit der Hand, die die Zigarette hielt, deutete er auf den Bildschirm. »Sie gewinnt.«

»Das hat sie dir doch gleich gesagt.«

»Sydney spielt gut. Sie wird jeden Abend besser. Ich wünschte nur . . .«

»Was? Daß sie wie andere Frauen wäre, die dir für eine Nacht in die Arme sinken, um dann am nächsten Morgen ohne Protest zu verschwinden? Nein, das wünschst du dir nicht.«

Nicholas schaute Mike aus schmalen Augen an, dann grinste er widerstrebend. Mike nützte den Moment, in dem er Nicholas' ungeteilte Aufmerksamkeit besaß. »Mandarin ist frei«, sagte er.

Das Grinsen verschwand mit einer solchen Plötzlichkeit, daß jeder andere außer Mike schockiert gewesen wäre. »Wo ist sie?«

»In Hongkong.«

Nicholas warf einen Blick auf den Bildschirm, der den Tisch zeigte, an dem Sydney saß. »Geht es ihr gut?«

»Sie erholt sich von einer Infektion, die sie sich in diesem Pestloch von Gefängnis zugezogen hat. Aber ich habe auch gehört, daß sie nicht mehr lange zögern wird, bis sie deine Fährte aufnimmt.«

Nicholas lächelte, aber sein Lächeln verriet keinen

Humor. »Ich hätte nichts anderes von ihr erwartet. Weiß sie schon, daß Josh nicht mehr lebt?«

»Keine Ahnung, aber ich möchte, daß du mir jetzt gut zuhörst. Ich habe die Sicherheitsmaßnahmen verstärkt und erwarte Kooperation von dir. Solange du auf der Insel bleibst, kann ich dich beschützen.«

»Was nützt es schon, es zu versuchen? Mandarin hat zehn Jahre Zeit gehabt, ihre Rache zu planen. Sie wird es schaffen.«

Ein junger Mann erschien an Mikes Seite. Mike setzte seinen Namenszug unter ein Schriftstück und gab es dem jungen Mann zurück. Als er außer Sichtweite war, fuhr Mike beschwörend fort: »Du hast zu lange in Asien gelebt, Nick. Dabei hast du dir einen Fatalismus angeeignet, der völlig unsinnig ist.«

»Ich bin ein Teil von allem, was ich gesehen habe.«

»Ich war auch dabei, oder hast du das vergessen?«

Diesmal war Nicholas' Lächeln echt. »Gott sei Dank! Es waren aufregende Zeiten, was?«

»Ja. Ich gebe zu, daß ich das alles manchmal vermisse. Das hier ist im Vergleich dazu fast zahm. Obwohl es auch seine Vorteile hat«, fügte er beim Anblick einer zierlichen Blondine, die gerade das Casino betrat, lächelnd hinzu.

Nicholas lachte und trat vor den einseitigen Spiegel. »Ich nehme an, du sprichst vom Great Barrier Reef«, sagte er spöttisch.

»Natürlich.« Mike starrte der Blondine nach, während sie durch das Casino ging und schließlich an der Bar stehenblieb, die etwas abseits von den Spieltischen lag.

Mikes Stimme klang sehr nachdenklich, als er sich vom Monitor abwandte. »Und was ist mit dir, alter Freund? Du hast das Geld und die Macht, um so zu leben, wie es dir gefällt, aber vermißt du es nicht auch? Das Abenteuer? Die Gefahr?«

Nicholas schaute Mike lange an, bevor er seinen Blick auf den Bildschirm und Sydney Delaney richtete. »Nein, eigentlich nicht. Ich habe genug für die menschliche Rasse eingesetzt. Im Augenblick beschränke ich mich darauf, ganz wenige Auserwählte in meine Welt zu lassen. Das heißt, bis vor kurzem . . .«

Mike folgte Nicholas' Blick. »Bis vor kurzem, was?«

Mit einer Schnelligkeit, an die Mike sich nie hatte gewöhnen können, wandte Nicholas sich ab und ging zur Tür. »Nick, was machst du?« rief Mike. »*Nicholas!* Wo willst du hin?«

»Sydney haßt es, wenn ich sie rufen lasse. Also gehe ich zu ihr.«

Mike starrte Nicholas verblüfft nach. »Er geht zu ihr? Na, das ist ja etwas ganz Neues!«

Der Aufruhr, den Nicholas' Erscheinen auslöste, ging wie eine Flutwelle durch das ganze Casino, wurde immer stärker und intensiver, bis sich auch der letzte Gast seiner Anwesenheit bewußt war und ihm neugierig nachstarrte.

Sydney merkte, daß etwas Ungewöhnliches vorging, als die geschickten, tüchtigen Hände des Croupiers einen Moment zu zögern schienen und dann ganz in der Bewegung verhielten. Sie hob erstaunt den Kopf und sah, daß der junge Mann mit offenem Mund dasaß. Nun konnte auch sie ihre Neugier nicht mehr bezwingen und drehte sich um.

Ihr Blick traf auf Nicholas' Blick, und das Herz schlug

ihr plötzlich bis zum Hals. Natürlich, dachte sie. Das hätte sie sich auch denken können. Und sie hätte sich auch eingestehen sollen, daß sie die ganze Zeit auf ihn gewartet hatte . . .

»Guten Abend, Sydney. Wie ich sehe, gewinnst du schon wieder mein Geld.«

»Ich bemühe mich. Wie geht es dir?«

»Ich wollte dich gerade bitten, mit mir zu Abend zu essen.«

Als wäre ihm erst jetzt bewußt geworden, welches Aufsehen er erregte, schaute er sich mit kühler Miene im Raum um. Es veranlaßte seine Croupiers, ihre Arbeit schnellstens wieder aufzunehmen.

Sydney lächelte insgeheim über die Reaktion, die Nicholas auslöste. Seine Macht war offensichtlich, und in einem Raum, wo der Smoking das häufigste Kleidungsstück war, trug er seinen mit einer Eleganz und Lässigkeit, die ihn eindeutig aus der Masse der Gäste heraushob. »Wie kommt es, daß du dich so weit von zu Hause entfernt hast, Nicholas?«

Seine braunen Augen waren auf ihren Mund fixiert. »Weißt du, wenn Leonardo da Vinci noch leben würde, hätte er seine Mona Lisa nach Hause geschickt und statt dessen dich gemalt.«

»W-w-wirklich?« Verdammt, dachte sie. Warum mußte er auch ständig derart außergewöhnliche Dinge sagen?

In Reaktion auf eine fast unmerkliche Handbewegung von Nicholas erschien Sai vor ihnen, aus dem Nichts heraus, wie es Sydney schien. »Sammeln Sie Miß Delaneys Chips ein und lassen Sie sie auf ihrem Konto gutschreiben.«

Sydney warf Nicholas einen überraschten Blick zu. »Ich habe nicht vor, das Spiel schon abzubrechen!«

Nicholas beugte sich leicht vor und sagte leise: »Komm, laß dich von mir zum Essen einladen, solange ich es mir noch leisten kann.«

Sie fand seinen Mund unwiderstehlich, wenn er lächelte, und war plötzlich in bester Stimmung. Immerhin war er diesmal selbst gekommen, hatte nicht nach ihr geschickt, und sie hatte schon eine beachtliche Summe seines Geldes gewonnen und beabsichtigte, noch viel mehr zu gewinnen. Warum nicht mit ihm zum Essen gehen? dachte sie, obwohl ihr durchaus bewußt war, warum sie es besser nicht tun sollte. Nicholas stellte eine nicht zu kalkulierende Gefahr für sie dar.

»Wo?«

»Das überlasse ich dir. Wir haben drei Restaurants zur Auswahl, aber wir können natürlich auch in meiner Suite essen.«

Die Qual der Wahl, dachte Sydney spöttisch. Für sie bestand die Wahl darin, entweder einen nervösen Magen beim Essen zu haben, weil sie mit ihm allein war, oder einen nervösen Magen zu haben, weil sie sich von unzähligen neugierigen Augen beobachtet fühlte. Aber sie freute sich, daß er ihr die Entscheidung, wo sie essen wollten, überlassen hatte.

»Ich hasse es, angestarrt zu werden. Laß uns in deiner Suite essen.«

Sydney fragte sich, ob in Nicholas' Suite immer Kerzen brannten und machte sich Gedanken über die anderen Frauen, die den Platz eingenommen hatten, an dem sie nun saß. Wie viele es gewesen waren und ob Nicholas auch ihnen das Gefühl vermittelt hatte, etwas ganz Besonderes zu sein, so wie er es bei ihr tat.

Die Eßecke befand sich auf einem erhöhten Niveau im Wohnzimmer; der Tisch, an dem sie aßen, stand neben dem Fenster. Er war mit Onyx eingelegt und mit einem Rahmen aus Malachit versehen; seine Oberfläche war auf solchen Hochglanz poliert, daß sich alle Gegenstände darin widerspiegelten wie in einem stillen See.

Sydney schaute sich im Raum um und entdeckte dabei den Glasschwan, der ihr schon bei ihrem ersten Aufenthalt in diesem Zimmer aufgefallen war.

Sie deutete darauf. »Du hast den Schwan an einen anderen Platz gestellt. Beim letzten Mal, als ich hier war, befand er sich auf dem Tisch an der Wand.«

Nicholas, der dabei war, sich ein weiteres Glas Wein einzuschenken, hielt inne. »Das stimmt. Aber wie kommt es, daß du dich daran erinnerst?«

Sie wollte ihm nicht eingestehen, daß sie ein fotografisches Gedächtnis besaß, damit er nicht auf den Gedanken kam, es könnte der Grund für ihre Serie von Gewinnen beim Blackjack sein. »Der Schwan ist eine ungewöhnliche Tischdekoration. Außerdem habe ich ein gutes Gedächtnis.«

Nicholas schaute sie prüfend an. »So?«

»Er ist wirklich wunderschön, aber ich muß zugeben, daß mir deine schwarzen Schwäne besser gefallen.«

Er stellte die Weinflasche auf den Tisch zurück. »Dann bist du zur Lagune gegangen, um sie zu sehen?«

»Jeden Nachmittag. Sie sind mir richtig ans Herz gewachsen. Es sind die ersten schwarzen Schwäne, die ich je gesehen habe, außer in Büchern, natürlich. Als kleines Mädchen habe ich mir immer gewünscht, sie einmal fliegen zu sehen.« Sie lächelte verlegen. »Vermutlich, weil es dort, wo ich aufgewachsen bin, keine schwarzen Schwäne gibt.«

»Und wo war das?«

»Auf einer Schaffarm namens Killaroo.«

»Wirklich? Erzähl mir doch, wie es ist, auf einer Schaffarm aufzuwachsen.«

Sydney lachte. »Wunderbar! Für meine beiden Schwestern und mich war Killaroo unser ganz privates Wunderland. Wir erfanden dauernd neue, aufregende Dinge, mit denen wir uns beschäftigen konnten. Ich habe zwei ganz außergewöhnliche Schwestern, Nicholas. Manda besitzt die Fähigkeit, die Leute zu allem, aber einfach allem zu überreden, und Addie braucht es nicht einmal zu versuchen. Ihre Gegenwart allein ist schon genug, um die Menschen zu verzaubern.«

»Es wundert mich nicht, daß du bemerkenswerte Schwestern hast. Schließlich bist du selbst einzigartig.«

»Ich?«

»Du merkst es gar nicht, was?« murmelte er. »Meine Männer würden einen Mord für dich begehen, wenn es nötig wäre. Und seit du hier bist, sind die Gewinne des Casinos rapide gestiegen. Kein Mann, der sich in deiner unmittelbaren Nähe aufhält, kann sich auf das Spiel konzentrieren. Deine Schönheit verwirrt, Sydney, während deine Unschuld eine magische Anziehungskraft auf Männer besitzt.«

Seine dunklen Augen musterten sie besitzergreifend, was sie sofort zum Widerspruch veranlaßte. »Ich bin nicht unschuldig.«

»Im Vergleich zu mir schon.«

»Ich habe das unbestimmte Gefühl, als wäre selbst der Marquis de Sade ein Unschuldsengel neben dir.« Im gleichen Augenblick wurde ihr bewußt, wie geschmacklos ihre Bemerkung war, und sie hätte alles gegeben, um sie zurücknehmen zu können.

Aber Nicholas nahm zärtlich ihre Hand. »Ich habe dir schon einmal gesagt, Sydney, daß alles stimmt, was du über mich gehört hast. Trotzdem bitte ich dich, mich nicht zu hart zu richten.«

Klang tatsächlich ein gequälter Ton in seiner Stimme mit, oder spielte ihre allzu lebhafte Phantasie ihr mal wieder einen Streich? »Ich richte dich nicht, Nicholas, und falls ich diesen Eindruck erweckt habe, möchte ich mich bei dir entschuldigen. Wenn ich ehrlich sein soll, habe ich gar nicht so viel über dich gehört.« Sie zuckte mit den Schultern. »Gerüchte, mehr nicht.«

»Gut. Sehr gut.« Nicholas schien sich zu entspannen. »Dann erzähl mir jetzt von deinen aufregenden Abenteuern auf Killaroo.«

Wegen der Qual, die sie in seiner Stimme gehört zu haben glaubte, erzählte sie ihm ein paar Begebenheiten aus ihrer Kindheit, über die sie bisher nur mit sehr wenigen Menschen gesprochen hatte. »Weißt du, es ist komisch, aber wenn ich an meine Kindheit zurückdenke, sind es hauptsächlich Kleinigkeiten, an die ich mich am lebhaftesten erinnere. An die Hände meines Vaters zum Beispiel, die während der Schafschur durch das Lanolin in der Wolle unglaublich weich und zart waren. Oder an die Nachmittage, an denen ich mit meinen Schwestern bei den Hausaufgaben saß und eine bestimmte Sendung im Radio hörte. Ganz deutlich ist mir auch noch bewußt, daß das Lachen meiner Mutter immer wie Musik in meinen Ohren klang.«

Sie lachte selbst, und Nicholas neigte den Kopf, um den Klang besser aufzunehmen. »Oh . . . ja! Ich erinnere mich auch, wie mein Vater mir beibrachte, einen Bumerang zu werfen.«

»Du kannst einen Bumerang werfen?« unterbrach Nicholas sie erstaunt.

»Ja, das kann ich. Sogar sehr gut.«

»Ich bin mächtig beeindruckt.«

Ihre goldbraunen Augen funkelten belustigt. »So? Ich hätte nicht gedacht, daß das überhaupt möglich ist. Jetzt habe ich das Gefühl, das Unerreichbare erreicht zu haben.«

Nicholas lächelte. Er konnte sich nicht entsinnen, wann er sich zum letzten Mal so gut unterhalten hatte. Sydneys Begeisterung für ihre Familie und ihr Zuhause war offensichtlich; während sie sprach, schuf sie ganz unbewußt ein Bild von Wärme, Liebe und Heiterkeit, das Nicholas im Innersten berührte. Derartige Gefühle für einen anderen Menschen waren ungewöhnlich für ihn, und er merkte, daß er wünschte, sie möge nicht aufhören. »Erzähl weiter. Woran erinnerst du dich sonst noch?«

»Nun . . . da ist etwas, was mir ganz besonders stark im Gedächtnis geblieben ist.«

»Sag es mir.«

Sydney lächelte bei der Erinnerung daran. »Eines Nachts schlichen meine Schwestern und ich uns aus dem Haus, um eine rituelle Zusammenkunft unserer eingeborenen Farmarbeiter zu beobachten. Natürlich war es streng verboten für uns, aber wir hatten von der bevorstehenden Zeremonie gehört und waren der Ansicht, sie nicht verpassen zu dürfen.«

Sydney beugte sich vor und stützte die Arme auf den Tisch. »Es war eine wunderschöne Nacht, der Mond stand voll am Himmel, und wir drei besaßen noch die ganze Energie und Begeisterung von Kindern. Wir verbargen uns im Schatten eines großen alten Banyanbaumes. Die Nacht war von merkwürdigen, unheimlichen Geräuschen erfüllt, aber nichts davon machte uns angst. Inmitten eines riesigen Feuerkreises hatten sich die Aborigines versammelt, ihre Körper waren mit Ockerfarben bemalt, und sie tanzten und sangen. Selbst für uns Kinder war es eine tiefgehende Erfahrung, Zeugen eines Rituals zu sein, das so alt ist wie die Menschheit selbst. Wir schauten stundenlang zu, bis wir schließlich einschliefen.«

»Unter dem Banyanbaum?«

»Genau. Das Nächste, woran ich mich erinnere, ist, daß ich die Augen öffnete und die Nacht sich um mich herum zu bewegen schien. Ich fühlte mich von starken Armen gehalten und wußte, daß mein Vater mich zum Haus zurücktrug. Ich schlief ein, noch bevor wir es erreichten, und am nächsten Morgen wachten meine Schwestern und ich in unseren eigenen Betten auf.«

»Gesund und unversehrt.«

Sydney nickte. »Ich erinnere mich an jene Nacht, als sei es erst gestern gewesen.«

Nicholas sagte sanft: »Du scheinst eine Menge schöner Erinnerungen zu haben.«

»Ja.« Sie betrachtete ihn mit leicht zur Seite geneigtem Kopf. »Du nicht?«

Nicholas steckte eine seiner langen braunen Zigaretten

zwischen die Lippen, ließ ein schmales Goldfeuerzeug aufflammen und hielt es an die Spitze der Zigarette. »Nicht so viele wie du wahrscheinlich. Ich bin auf den Straßen von Chicago aufgewachsen, war ein zäher, kleiner Bursche. Mir blieb gar nichts anderes übrig, denn meine Familie war ziemlich arm und das Leben ein ständiger Kampf.«

»Aber eine schöne Erinnerung muß dir doch geblieben sein«, beharrte Sydney. »Irgend etwas?«

Nicholas nahm sich Zeit mit der Antwort und betrachtete sie prüfend. Sydney kannte den Ausdruck, den sein Gesicht zeigte. Sie hatte ihn auf den Gesichtern von Männern gesehen, die ihre Chancen beim Glücksspiel kalkulierten.

»Ja, eine ist mir geblieben«, sagte er dann langsam. »An einem bitterkalten Tag ging ich über die Straße, als etwas in einem Schaufenster meine Aufmerksamkeit erregte. Es war die Porzellanfigur eines wunderschönen jungen Mädchens. Ich kann heute noch nachempfinden, wie kalt die Scheibe war, gegen die ich mein Gesicht preßte, um die Figur besser sehen zu können. Ich war fasziniert. Das junge Mädchen aus Porzellan war für mich ein Symbol all dessen, was zu jener Zeit unerreichbar für mich war – Schönheit, Sanftmut und eine Zerbrechlichkeit, die mir zu Herzen ging. Weißt du, daß du mich an diese Porzellanfigur erinnerst?«

Sydney war verwirrt und sprach deshalb viel zu schnell. »A-a-aber warum?«

»Der Eigenschaften wegen, die ich gerade erwähnte. Und weil sie trotz ihrer unbewegten Haltung erstaunliche Anmut verriet – genau wie du. Und weil eine Glaskuppel sie schützte – wie dich.«

»I-i-ich . . .« Sie brach ab, verärgert darüber, daß es ihm gelang, ihr Stottern auszulösen. Sie wartete einen Moment, bevor sie sagte: »Ich habe keine Glaskuppel, die mich schützt.« Im Gegenteil, fügte sie stumm hinzu. Ich fühle mich in deiner Nähe von Mal zu Mal schutzloser.

»Unter deiner beherrschten Haltung, Sydney, besitzt du ein lebhaftes Gemüt und ein feuriges Temperament. Ein paar Minuten lang, während du von Killaroo sprachst, bist du unter deiner Glaskuppel hervorgekommen, und ich konnte sehen, was gewesen wäre, wenn jene Porzellanfigur damals zum Leben erwacht wäre. Als ich dich so sah, habe ich einen Entschluß gefaßt. Ich werde alles versuchen, dich unter deiner Glaskuppel hervorzulocken, ganz allmählich zunächst, aber dann mehr und mehr, bis du sie völlig abgelegt hast.«

»Ich . . . ich weiß nicht, was du meinst.«

»Deine Selbstbeherrschung«, sagte er betont sanft und einschmeichelnd. »Sie ist so unnötig, Sydney.«

Sydney wehrte sich innerlich gegen seinen verführerischen Ton, kämpfte gegen die Wärme, die aus seinen braunen Augen sprach. Sie war fast schon überzeugt, den Kampf verloren zu haben, als ein diskretes Pochen an der Tür das Schweigen unterbrach, das zwischen ihnen entstanden war.

Nicholas stand auf, um zu öffnen. Es war Julian. Der große Mann schob einen Servierwagen mit Kaffee und verschiedenen Desserts herein. Dann blieb er stehen, suchte in seiner Jackentasche und zog eine Notiz heraus. »Mike sagte, ich solle es Ihnen sofort geben. Es ist gerade gekommen.«

Während Nicholas die Nachricht las, rollte Julian den Wagen zum Tisch. »Entschuldigen Sie die Unterbrechung, Miß Delaney, aber ich habe dem Kellner gesagt, daß ich den Kaffee selbst hereinbringe.«

Sydney hatte sich schon fast an Julian gewöhnt, und obwohl sie die drohende Fassade des Mannes nicht übersah, wußte sie inzwischen, daß sich ein scheues Gemüt dahinter verbarg. Sie lächelte ihn an. »Das war sehr nett von Ihnen, Julian.«

Ihr Lächeln schien ihn zu verwirren. Ohne den Blick von ihr zu lösen, hob er die Kanne und begann den Kaffee auszugießen. *Auf das Tablett.* »Oh, verdammt!« Er setzte die silberne Kanne rasch ab und griff nach einer Serviette. »Entschuldigen Sie bitte, Miß Delaney. Es tut mir leid.«

»Machen Sie sich keine Gedanken. Kann ich helfen?« Sie streckte ihre Hand nach ihm aus, was ihn derart aus der Fassung brachte, daß sein Arm zurückzuckte und beide Kaffeetassen auf den Boden fegte, wo sie klirrend zerbrachen.

»Verdammt! Oh!« Er war zutiefst beschämt. »Entschuldigen Sie meine Ausdrucksweise. Miß Delaney. Es wird nicht mehr vorkommen.« Er kniete nieder und begann die Scherben einzusammeln.

»Vorsicht, Julian! O nein!«

Eine breite Blutspur erschien auf seiner Hand. »Warten Sie.« Sydney nahm eine saubere Serviette und hockte sich neben ihn. »Bewegen Sie die Hand nicht, Julian. Sie haben sich verletzt.«

»Das macht nichts, Miß Delaney.« Er warf einen hilflosen Blick über die Schulter zu Nicholas. »Ich muß es wegräumen.«

Während sie die Serviette um Julians Hand wickelte, sagte Sydney streng: »Seien Sie nicht albern, Julian. Verhalten Sie sich still, sonst machen Sie es noch schlimmer.« Sie runzelte besorgt die Stirn. »Es ist ein tiefer Schnitt. Ich glaube, er muß genäht werden. Nicholas?«

»Ja, Sydney?«

»Gibt es einen Arzt auf der Insel?«

»Selbstverständlich. Viel hat er hier nicht zu tun, aber er ist ein sehr guter Arzt.«

Sydney nickte und lächelte Julian aufmunternd zu. »Na also. Gehen Sie jetzt gleich zu ihm und lassen Sie die Wunde nähen. Danach rufen Sie mich bitte an, damit ich weiß, daß alles in Ordnung ist.«

»Miß Delaney, ich glaube nicht . . .«

Nicholas griff nach Sydneys Arm und zog sie auf die Beine. »Ich glaube, es ist sinnlos, Miß Delaney zu widersprechen, Julian. Tun Sie bitte, was sie sagt, und gehen Sie zum Arzt.«

Julian rappelte sich mühsam auf, nickte Sydney zu und ging.

Als die Tür hinter ihm geschlossen war, brach Nicholas in lautes Gelächter aus.

Sydney wandte sich verwundert zu ihm um. »Was ist los?«

»Du hast gerade einen der härtesten Männer, die ich kenne, mit einer unbedeutenden Schnittwunde zum Arzt geschickt.«

»S-s-sie war nicht unbedeutend! Sie hat stark geblutet.«

»Sydney, dieser Mann hat einmal selbst eine Kugel aus seinem Bein entfernt, ohne irgend jemandem etwas davon zu sagen. Bis zum nächsten Tag.« Er lachte amüsiert. »Verwirrung ist etwas, was ich noch nie in Julians Blick gesehen habe.«

»Er hatte Schmerzen!«

»Und das ist der Schlüssel, nicht wahr, Sydney?«

»Ich weiß nicht, was du meinst.«

»Du sahst jemanden, von dem du glaubtest, er habe Schmerzen und sei verwundet und bist ihm zu Hilfe geeilt, ohne einen Augenblick an dich selbst zu denken. Ist dir aufgefallen, daß du nicht ein einziges Mal gestottert hast, während du mit ihm gesprochen hast? Und du hast dich auch nicht gegen deine Gefühle gewehrt.«

»I-i-ich will nicht über mein S-S-Stottern reden.«

»Psst.« Er legte einen Finger an ihre Lippen. »Komm, setzen wir uns auf die Couch. Möchtest du Kaffee? Ich kann neue Tassen bringen lassen.«

Sie schüttelte stumm den Kopf.

»Möchtest du etwas anderes?« Als sie nicht antwortete, setzte er sich neben sie. »Du brauchst nicht verlegen zu werden, Sydney. Ich finde dein Stottern liebenswert.«

Ihre goldbraunen Augen reflektierten den Ärger, den sie plötzlich empfand. »Du-du-du hast ja keine Ahnung, wie es ist, wenn man unbedingt etwas sagen will und sich nicht traut, weil man Angst hat, es nicht zu können . . . Angst, sich l-l-lächerlich zu machen.«

Ihr Ärger berührte ihn nicht, da er wußte, daß er sie nicht fortlassen würde, bis sie sich beruhigt hatte. »Ich weiß, was Angst ist, Sydney. Und ich verstehe dich immer besser. Als ich dein Stottern zum ersten Mal hörte, hat es mir eine Menge Fragen beantwortet.« Er legte einen Finger unter ihr Kinn und zwang sie, ihn anzusehen. »Du bist immer so beherrscht. Selbst als ich dich küßte, hast du nicht voll darauf reagiert. Aber ich weiß, daß deine Gefühle nicht erstarrt sind. Unter deiner kühlen Fassade brennt ein loderndes Feuer. Und das will ich haben.«

Obwohl er nicht nähergekommen war, wußte sie, daß er sie nun küssen würde. Sie spürte es. »Laß mich in Ruhe, Nicholas.«

»Ich tue alles, was du willst, Sydney, nur das nicht.«

Sie holte tief Luft und entschied sich für einen Gegenangriff. »Also gut, dann befriedige bitte meine Neugier. Du redest von meiner Beherrschung und vergleichst mich mit einer Porzellanfigur, die unter einer Glaskuppel lebt. Und du, Nicholas? Dein Leben ist mindestens so kontrolliert wie meins, vielleicht sogar noch mehr. Du bist ein Mann, der sich von den Menschen fernhält und sie hinter einer Glaswand beobachtet. Warum tust du das, Nicholas?«

»Es war mir nicht aufgefallen, daß ich mich von dir ferngehalten hätte, Sydney.«

»G-g-glaubst du das wirklich? Ich kann mich nicht entsinnen, dich an den vergangenen Abenden gesehen zu haben.«

Nicholas drehte eine ihrer dunkelroten Locken um seinen Finger. »Es ist komisch, Sydney. Das Leben hat mich gelehrt, Geduld zu üben, aber in bezug auf dich fällt es mir wahnsinnig schwer. Ich hatte gedacht, mein Verlangen würde nachlassen, wenn ich dich ein paar Tage nicht sah. Aber ich hatte mich geirrt.«

»O ja, dachte Sydney. Ihr erster Instinkt hatte sich als richtig erwiesen. Dieser Mann *war* die personifizierte Gefahr. Ihre Miene und ihr Kopfschütteln verrieten ein wenig von dem, was sie dachte, als sie leise sagte: »Du erdrückst mich, Nicholas.«

»Nein, das ist nicht wahr. Du bist schön, Sydney, stark und leidenschaftlich. Dein Problem ist nur, daß dein Stottern dich viel zu lange am Boden festgekettet hat. Du brauchst nur deiner Leidenschaft freien Lauf zu lassen, um die Ketten zu zerreißen. Dann wirst du mit mir fliegen können.«

Sydney konnte die sexuelle Aufforderung, die in seinen Worten lag, nicht ignorieren, und sie spürte auch, wie sich die Atmosphäre zwischen ihnen mit erotischer Spannung aufgeladen hatte. Sie fühlte sich unwiderstehlich zu ihm hingezogen, und es löste Panik in ihr aus, obwohl sie sich in diesem Augenblick nichts Schöneres vorstellen konnte, als in seinen Armen zu liegen.

Wie leicht es für ihn ist, dachte sie, die Atmosphäre zu beherrschen, die Menschen und sogar ihren Körper und ihren Verstand.

Nein!

Sie mußte gehen. Und das sofort.

Rasch stand sie auf. »M-m-mein Stottern ist etwas, womit ich mein Leben lang gelebt habe, Nicholas, und es hat mir meinen Weg nicht erschwert. Jetzt muß ich ins Casino zurück.«

Er erlaubte ihr, bis zum Lift zu gehen. Dann sagte er: »Sydney?«

Wie stets, blieb sie auch diesmal beim Klang seiner Stimme stehen und drehte sich um.

»Warst du schon einmal bei Sonnenuntergang an der Lagune? Du solltest einmal hingehen. Es ist ein herrlicher Anblick.«

»Gute Nacht, Nicholas.«

»Gute Nacht, Sydney.«

4

»Keine Angst, Addie. Ich komme, sobald ich kann. Bis dann.« Sydney legte den Hörer auf und stand rasch auf. Ihre Gedanken überschlugen sich vor Aufregung. Addie hatte sie gebeten, sofort zu kommen, und das bedeutete, daß sie eine Menge zu tun hatte.

Sydney schaute auf die Uhr. Es war acht Uhr morgens. Falls Addie sich gewundert hatte, daß ihre Schwester um diese Zeit noch im Bett lag, hatte sie nichts dazu bemerkt. Aber das war typisch für ihre Schwester.

Kurze Zeit später war Sydney angezogen, hatte gepackt und überlegte, wie sie am schnellsten die Insel verlassen konnte. Sie hatte Mike versprochen, nicht einfach zu verschwinden, falls sie abreisen wollte, und war entschlossen, ihr Versprechen zu halten. Aber wen sollte sie benachrichtigen? Sie war ziemlich sicher, daß Nicholas in seinem Haus auf der anderen Seite der Insel schlief. Damit blieb nur Mike.

Aber sie konnte Mike nirgendwo finden, und auch an der Rezeption wußte keiner, wo er sich aufhielt. Das junge Mädchen, das an diesem Morgen Dienst hatte, sagte ihr jedoch, daß die erste Fähre die Insel nicht vor ein Uhr mittags verließ.

Sydney ging unentschlossen auf die Terrasse hinaus. Dort entdeckte sie Sai, der bei einer Tasse Kaffee in einer Ecke saß.

Sie ging rasch zu ihm hinüber. »Sai, Sie müssen mir helfen. Wo ist Mike?«

Sai stand auf. Der Blick seiner schwarzen Augen war nicht zu deuten.

»Bitte, Sai. E-e-es ist sehr wichtig. Ich muß mit Mike reden.«

Der kleine Mann schien zu zögern, aber dann machte er eine tiefe Verbeugung und wandte sich in Richtung einer der Seitenflügel des Hotels. Sydney, der Sais stumme Art inzwischen bekannt war, folgte ihm. Als sie vor einer Tür stehenblieben, warf sie ihm einen fragenden Blick zu. »Ist es Mikes Zimmer?«

Sai verbeugte sich von neuem, und so hob Sydney die Hand und klopfte. Keine Antwort. Sie wartete einen Moment und klopfte von neuem. Wieder vergingen ein paar Minuten, und nichts geschah. »Sind Sie ganz sicher, daß er hier schläft?« wandte sie sich fragend an den Asiaten.

Er verbeugte sich, und Sydney klopfte seufzend ein drittes Mal. »Sai, er antwortet nicht. Er scheint zu schlafen. Ich muß irgendwie hineinkommen.«

Wortlos zog er einen Schlüsselbund aus der Tasche und schloß die Tür auf. Dann trat er beiseite.

Sydney nickte ihm dankbar zu, bevor sie einen Raum betrat, der wie ein Wohnzimmer eingerichtet war. Die Vorhänge waren zugezogen, und der Raum lag im Halbdunkeln. Aber sie konnte sehen, daß er leer war. Ohne lange nachzudenken, ging sie auf eine Tür zu, von der sie annahm, daß sie ins Schlafzimmer führte.

Sie klopfte leise. »Mike?« Dann horchte sie gespannt. Als sie sicher war, etwas gehört zu haben, drückte sie die Klinke hinunter und ging hinein. Aber das Zimmer war dunkel, und sie konnte nichts außer den Umrissen eines Körpers unter der Bettdecke erkennen. Dann muß ich ihn eben wecken, dachte Sydney entschlossen. Es war seine eigene Schuld. Schließlich hatte er darauf bestanden, daß sie nicht abreiste, ohne ihn vorher zu verständigen.

Sie knipste die Nachttischlampe an. »Mike, wachen Sie auf! Ich bin's, Sydney.« Sie zupfte leicht an der Bettdecke. »*Mike*!«

Er richtete sich abrupt auf, und während er es tat, glitt das Laken an ihm herab und gab den Blick auf seine breite, muskulöse Brust frei. »Was zum Teufel . . .?«

»Mike, ich muß sofort die Insel verlassen, und ich kann nicht auf die Fähre heute mittag warten. Was soll ich tun?«

Mikes grüne Augen zogen sich in der plötzlichen Helligkeit zusammen, dann schien er Sydney zu erkennen. »Sie wollen abreisen?«

Das Laken neben ihm bewegte sich. Eine verschlafene Stimme fragte: »Was ist los?«

Mike tätschelte geistesabwesend die Frau, die neben ihm lag. »Nichts, Darling, schlaf weiter. Hören Sie, Sydney, Sie können nicht abreisen . . .«

»Ich *muß* es, und zwar sofort!«

»Weiß Nick es schon? Haben Sie es ihm gesagt?«

Ein zerzauster roter Lockenkopf tauchte aus den Laken auf. Große blaue Augen musterten Sydney verwirrt. »Wer sind Sie?«

Sydney reichte der Frau über Mike hinweg die Hand. »Sydney Delaney. Wie geht es Ihnen?«

»Keine Ahnung.« Die junge Frau rieb sich die Augen, dann schaute sie Mike an, als müßte er die Antwort kennen.

Aber dessen Aufmerksamkeit war voll auf Sydney

gerichtet. »Würden Sie bitte nebenan warten, bis ich angezogen bin? Dann können wir in Ruhe darüber sprechen.«

»Nein, dazu habe ich keine Zeit. Aber wenn Sie mir sagen, wie ich die Insel verlassen kann, mache ich mich sofort auf den Weg und lasse Sie und . . .« Sie schaute fragend auf das hübsche, rothaarige Mädchen neben Mike.

»Leslie«, warf das Mädchen höflich ein.

»Dann lasse ich Sie und Leslie in Ruhe.«

»Ich kann Sie nicht gehen lassen, Sydney. Das wissen Sie.«

Leslie richete sich auf, stopfte ein paar Kissen hinter ihren Rücken und lehnte sich dagegen. Als fiele es ihr erst jetzt ein, zog sie das Laken hoch, bis es ihre nackte Brust bedeckte. »Haben Sie zufällig Kaffee mitgebracht, Sydney?«

»Nein, tut mir leid.«

»Schade.«

»Versuchen Sie es doch mal mit dem Zimmerservice.«

»Gute Idee.«

»Sydney«, sagte Mike verzweifelt, »wenn Sie bis heute abend warten, können Sie mit Nick darüber reden.«

»Es ist dringend, Mike. Es handelt sich um einen Notfall in meiner Familie, deshalb muß ich sofort aufbrechen.«

Jetzt mischte sich Leslie ein. »Was ist daran so kompliziert? Das hier ist ein Ferienort, kein Gefängnis. Mike, fliegt der Hubschrauber nicht gewöhnlich um diese Zeit zum Festland, um die Post zu holen?«

»Leslie, sei ein braves Mädchen und verhalte dich ruhig.«

»Gestern nacht hast du mich nicht gebeten, mich ruhig zu verhalten . . .«

»Nicht zu fassen«, murmelte Mike, während er zur Zimmerdecke starrte, als wäre von dort eine Lösung zu erwarten.

»Ich bin ziemlich sicher . . .« begann Leslie.

Sydney wandte sich zur Tür.

»Warten Sie!« rief Mike. »Wenn Sie den Hubschrauber benutzen wollen, brauchen Sie eine Genehmigung von mir.«

»Dann geben Sie sie mir.«

Leslie zog das Laken über ihrer Brust zurecht. »Gestern nacht warst du . . .«

Aber Mike interessierten ihre Erinnerungen an die vergangene Nacht in diesem Augenblick nicht. »Zuerst müssen Sie mir sagen, wann Sie zurückkommen«, verlangte er von Sydney. Aber er hatte bereits nach dem Telefonhörer gegriffen.

»Ich bin nicht sicher.«

»Aber Sie kommen doch zurück, oder?«

Sydney warf ihm einen erstaunten Blick zu. »Natürlich. Ich habe mein Ziel noch nicht erreicht.«

Leslie nickte ihr aufmunternd zu. »Viel Glück, Sydney. Ich hoffe, es klappt alles.«

»Danke, Leslie.«

Sai wartete schon in der Halle, und wenn Sydney es nicht besser gewußt hätte, wäre sie überzeugt gewesen, ein verstecktes Lachen in seinen dunklen Augen zu sehen. »Sai, würden Sie mich bitte zum Hubschrauber bringen?«

Er antwortete mit seiner üblichen Verbeugung.

Nicholas stand am Fenster des Kontrollraumes und schaute auf das Casino herunter. Hinter seinem Rücken hielt er beide Hände verschränkt und fest zusammengepreßt. »Verdammt, Mike, es ist alles deine Schuld! Du hättest sie nie gehenlassen dürfen!«

»Es blieb mir nichts anderes übrig, Nick. Außerdem kommt sie zurück. Ganz bestimmt.«

»Aber sie ist schon drei Tage fort!«

»Sie wird zurückkommen«, entgegnete Mike beschwichtigend. »Und in der Zwischenzeit haben wir andere Sorgen. Über Informanten habe ich erfahren, daß Mandarin sich von ihrer Krankheit erholt hat und Kräfte sammelt.« Als Nicholas nichts darauf erwiderte, fügte er hinzu: »Sie weiß jetzt, daß Josh tot ist.«

Ein gequälter Ausdruck huschte über Nicholas' Gesicht. »Ich würde alles, was ich besitze, dafür geben, daß er noch lebte.«

»Er hat dich verraten, Nick.«

Nicholas schüttelte den Kopf, als wollte er widersprechen. Aber im gleichen Augenblick kam Julian herein und flüsterte Mike etwas zu.

Mit offensichtlicher Erleichterung wandte Mike sich an seinen Chef. »Sydney war auf der Abendfähre. Sie ist jetzt in ihrem Zimmer.«

Nicholas wandte sich abrupt vom Fenster ab. »Warum hat mir niemand etwas davon gesagt?«

»Das haben wir gerade getan.«

Sydney nahm als allererstes eine ausgedehnte, heiße Dusche. Die Gerüche und der Staub der Rennbahn waren damit leicht zu entfernen, aber die Müdigkeit in ihren Knochen blieb. Es waren drei anstrengende Tage, dachte sie, aber sie haben sich gelohnt. Addies Problem war gelöst.

Sydney trat aus der Dusche und griff nach einem Badetuch. Die sanfte Massage mit dem flauschigen Tuch tat gut, stimulierte ihren Kreislauf und verlieh ihrer Haut einen rosigen Schimmer.

Sie gab etwas Körperlotion in ihre Hand und begann sie auf ihrem Bein zu verteilen. Dabei dachte sie an Nicholas. Zwar empfand sie es als störend, ihre Gedanken nicht besser kontrollieren zu können, aber es war etwas, was sie als unumgänglich zu akzeptieren begonnen hatte. Nicht einmal in der ganzen Aufregung in Melbourne hatte sie Nicholas aus ihrem Gedächtnis verbannen können. Nachts sah sie ihn in ihrer Phantasie in seinem Kontrollraum über dem Casino oder am Fenster in seiner Suite, wo er in die Nacht hinausstarrte. Tagsüber stellte sie ihn sich in seinem Haus auf der vom Tourismus unberührten Seite der Insel vor und fragte sich, ob er wohl schlief.

Was ihre Gedanken jedoch am meisten beschäftigte, war die Erinnerung an ihre letzte Begegnung. Er hatte gesagt, er wolle sie von den Ketten befreien, die ihr Stottern für sie darstellte. Natürlich war es unmöglich. Nicht durchführbar. Das wußte sie, wenn sie auch sonst vielleicht überhaupt nichts wußte.

Er verstand es nicht, und sie konnte es ihm nicht erklären. Der Schmerz saß zu tief. Sie erinnerte sich heute noch lebhaft an Gelegenheiten, bei denen sie mit ihrer Familie andere Farmen besucht hatte und fast gestorben war vor Verlegenheit, wenn ihr Stottern sich zeigte und die anderen Kinder sich über sie lustig machten.

Es hatte sogar eine Periode von sechs Monaten gegeben, nach dem Tod ihrer Mutter, in der sie überhaupt nicht gesprochen hatte. Aber mit der Unterstützung und der Liebe ihres Vaters und ihrer Schwestern hatte sie allmählich wieder zu sprechen begonnen und mit der Zeit eine gewisse Kontrolle über ihre Worte und Gefühle gewonnen, die ihr später erlaubte, sich erfolgreich im Geschäftsleben und unter Menschen zu bewegen.

Nein, er verstand es nicht. Und doch . . . »Verdammt!« murmelte Sydney, als ihr bewußt wurde, daß sie ihn unbedingt wiedersehen wollte. So schnell wie möglich.

Sie streifte ihr seidenes Nachthemd über und trat ins Schlafzimmer.

»Wo warst du?«

Erschrocken hob sie beide Hände an die Brust. »N-N-Nicholas! Wie lange sitzt du schon hier?«

»Lange genug, um zu beschließen, ins Badezimmer zu kommen und dich herauszuholen, falls du mich noch lange hättest warten lassen.«

Sie versteifte sich unwillkürlich. So froh sie war, ihn zu sehen, ließ sie sich doch noch lange nicht in die Defensive treiben. »Nicholas, ich zahle gutes Geld für dieses Zimmer. Solange ich es bewohne, betrachte ich es als mein Reich, wo ich vor Eindringlingen geschützt sein sollte.«

»Und das bist du auch . . . ausgenommen vor mir. Es gibt keinen Schutz vor mir, Sydney. Weißt du das immer noch nicht?«

Er war mehrere Schritte von ihr entfernt, und doch spürte sie seine Gegenwart so körperlich, als habe er ein samtenes Lasso nach ihr geworfen und zöge sie langsam zu sich heran. In einer unbewußten Geste der Verteidigung griff sie nach ihrem Morgenrock.

»Wo warst du?« wiederholte er seine Frage.

»Hat Mike es dir nicht gesagt?«

»Er hat nur gesagt, es handelte sich um einen Notfall . . . familiärer Art.«

»Das stimmt.«

»Warum hast du *mir* nichts davon gesagt, daß du abreisen wolltest?«

Niemandem war es je gelungen, sie derart schnell in Wut zu bringen. »Vielleicht, weil du so verdammt schwer zu erreichen bist, Nicholas!«

»Meine Unerreichbarkeit erstreckt sich nicht auf dich. Sydney, und ich werde dafür sorgen, daß Mike es erfährt.« Er streckte die Hand aus, und mit einer schlichten Berührung an ihrem Hals gelang es ihm, ihren Ärger zu zerstreuen. »Warum erzählst du mir nicht, was passiert ist?«

»I-i-ich kann es nicht. Es ist eine Privatangelegenheit.«

Nicholas zog die Hand zurück und steckte sie in die Hosentasche. »Dann sag mir etwas anderes. Wirst du wieder abreisen?«

»Nicht, solange ich meine fünfhunderttausend Dollar nicht gewonnen habe.«

»Und natürlich wirst du mir auch nicht sagen, wofür du soviel Geld brauchst?«

Sie schüttelte den Kopf.

»Reich oder arm, Sydney, ich habe noch nie in meinem Leben jemanden angebettelt.«

Beinahe gegen ihren Willen ging sie auf ihn zu und legte ihm eine Hand auf die Brust. »Ich würde es dir sagen, wenn es nur mich beträfe, aber das ist nicht der Fall.«

Er schaute auf ihre Hand herab. »Ich hoffe, der Mann, für den du das alles tust, ist es wert. Ist er ein guter Liebhaber?«

Sydney trat abrupt zurück. Ihr Ärger war von neuem erwacht. »Sag mir, daß du keine Geheimnisse hast, Nicholas! Überzeuge mich davon! Dann erzähle ich dir vielleicht meine.«

Er lächelte, aber es war kein besonders warmes Lächeln. Mit einer schnellen Bewegung griff er nach dem Gürtel ihres Morgenrocks und zog Sydney zu sich heran. »Na gut. Wieviel hast du bisher gewonnen?«

»Fast dreißigtausend Dollar.«

»Das ist nichts im Vergleich zu fünfhunderttausend.«

»Ich schaffe es. Ich muß es schaffen, und dazu bleiben mir noch drei Wochen.«

»So . . . drei Wochen oder fünfhunderttausend Dollar, je nachdem, was zuerst kommt. Viel Zeit ist es nicht, Sydney.«

»Du glaubst, ich könnte es nicht schaffen, nicht wahr?«

»Sehr wenige Leute könnten es. Aber darum geht es nicht. Mir ist es egal, ob es dir gelingt oder nicht.«

»So reich bist du?«

»Ja.«

Seine schlichte Bestätigung raubte ihr den Atem. »Was ist dir eigentlich *nicht* egal, Nicholas?«

»Eine Menge Dinge.«

»Aber du läßt nur sehr wenige Menschen wissen, was diese Dinge sind, oder?«

»Richtig.«

»Du schützt dich, Nicholas. Also laß mir auch meinen Schutz.«

»Ich will dich haben, Sydney, das mußt du doch wissen.«

Seine Worte, so beiläufig ausgesprochen, riefen einen wahren Tumult von Gefühlen in ihr wach. »Ja.«

»Und?« Seine Hand war wieder an ihrer Kehle, streichelte sie sanft.

»E-e-es kann nicht sein«, erwiderte sie. »Es geht nicht.«

»Warum nicht?«

»Weil du zuviel verlangst.«

Er schenkte ihr das zärtlichste Lächeln, das sie je bei ihm gesehen hatte, und es griff ihr direkt ans Herz. »Woher weißt du, was ich will?«

»Du willst alles.«

»Du hast absolut recht. So ist es.«

Seiner entwaffnenden Offenheit hatte sie nicht viel entgegenzusetzen. »Wie kann ich mich gegen dich wehren, Nicholas?« fragte sie müde.

»Laß es sein«, flüsterte er und zog sie in seine Arme. »Wehr dich nicht.« Seine Lippen streiften ihren Mund. »Ich habe dich vermißt, Sydney.«

Sie spürte, wie etwas in ihr schmolz, und hoffte, daß es nicht ihre Kraft war. Dennoch gab sie leise zu: »Ich dich auch.«

Dann öffnete sie bereitwillig die Lippen unter seinem Kuß. Gefühle erwachten in ihr und drohten sie zu überwältigen – der Wunsch nach Zärtlichkeit und gleichzeitig ein verwirrend drängendes Verlangen. Sie wollte das angenehme, erotische Prickeln, das wie Feuer durch ihre Adern rann, wollte seine Zunge in ihrem Mund spüren, wollte . . .

Nicholas streifte ihr den Morgenrock von den Schultern und ließ ihn zu Boden gleiten. Mit seinen Lippen strich er sanft über ihre Wange und ihren Hals. Mit den Fingern strich er ihr das Haar zurück und steckte es hinter ihr Ohr, so daß sich auch der heftig pochende Puls an ihrer Kehle seinen hungrigen Lippen bot. Er senkte den Kopf, um dann ganz plötzlich in der Bewegung innezuhalten. »Was ist das denn?«

»Was?« fragte sie verwirrt.«

»Hinter deinem Ohr. Es sieht aus wie Farbe.« Er rieb mit dem Finger über die Stelle und betrachtete ihn. »Es ist . . . Schuhcreme!«

»I-i-ich muß es übersehen haben, als ich duschte.« Hastig zog sie ihr Haar zurück, bis es die verräterische braune Farbe bedeckte.

»Was geht hier eigentlich vor, Sydney? Du verschwindest drei Tage, und als du zurückkommst, hast du Schuhcreme hinter dem Ohr. Ist dir bewußt, wieviel Schuhcreme du benutzen mußtest, um sie bis hinters Ohr zu schmieren?«

»N-n-nun ja, ich muß wohl . . .«

»Erzähl mir bloß nicht, du hättest Schuhe geputzt, denn das würde ich dir nicht glauben.«

Sie bemühte sich, eine beleidigte Miene aufzusetzen, aber es gelang ihr nicht. Eine glaubwürdige Erklärung fiel ihr auch nicht ein. »Was glaubst du, was ich mit der Schuhcreme gemacht habe?« erkundigte sie sich vorsichtig.

»Keine Ahnung. Sydney. Schau mich an.«

Widerstrebend hob sie ihr Gesicht.

»Hast du Schwierigkeiten?«

»Nein, natürlich nicht.«

»Sydney, ich kann dir helfen, egal, was passiert ist. Hab' Vertrauen zu mir.«

Vertrauen? Den Gedanken hatte sie bisher nicht einmal in Betracht gezogen. »Warum sollte ich?«

Er lächelte traurig. »Ja, warum solltest du? Gute Nacht. Schlaf gut.«

Es war früher Morgen, kurz vor Sonnenaufgang. Sydney wälzte sich in ihrem Bett hin und her und klopfte immer wieder das Kissen auf. Seit zwei Uhr morgens versuchte sie zu schlafen, aber es wollte ihr nicht gelingen.

Es war einfach zuviel, was sie im Kopf hatte, sie konnte ihr Denken nicht abstellen. Vier Tage waren seit ihrer Rückkehr aus Melbourne vergangen, und es waren vier anstrengende, voll beschäftigte Tage gewesen. Sie hatte sich hart auf ihr Spiel konzentriert und Nicholas nicht erlaubt, sich in ihre Gedanken einzuschleichen. Dennoch waren ihre Gewinne nur um zwanzigtausend Dollar gestiegen, so daß sie nun einen Totalgewinn von rund fünfzigtausend Dollar verzeichnen konnte. Dabei hätte sie zu diesem Zeitpunkt schon sehr viel mehr besitzen müssen, und die Tatsache, daß es nicht so war, beunruhigte sie.

Sie gab es auf, Schlaf finden zu wollen, und stand auf. Ihr Zimmer hatte ein Fenster, das zur Rückseite des Hotels hinausging, und nun stellte sie sich nachdenklich davor. Während sie am Fensterrahmen lehnte und hinausschaute, beschloß sie, ihre Pläne zu ändern und ihre übertriebene Vorsicht beim Spiel aufzugeben. Aber dazu mußte sie Nicholas völlig aus ihrem Bewußtsein ausschalten. Er besaß die Macht, ihr Ziel zweitrangig erscheinen zu lassen, und das durfte sie einfach nicht zulassen.

Auf irgendeine Weise gelang es ihm jeden Abend, ein paar Stunden mit ihr zu verbringen, und sie gestand sich selbst ein, daß sie seinen Wünschen sehr wenig Widerstand entgegengesetzt hatte. Weit davon entfernt, ihn wirklich zu verstehen, empfand sie das Zusammensein mit ihm dennoch als sehr erfreulich und angenehm. Gestern abend hatten sie zusammen gesessen und Musik gehört. Es war eine angenehme Entspannungsphase für sie gewesen, eine Unterbrechung der permanenten Konzentration, die sie im Casino aufbringen mußte.

Natürlich war der Abend von einer ganz anderen Art von Spannung beherrscht gewesen. Nicholas hatte sich in einiger Distanz von ihr gehalten und sie dennoch den ganzen Abend lang berührt – mit seinen Worten, seiner Stimme, seinen Augen. Wie üblich hatte sie seine Gegenwart fast körperlich gespürt, wie ein wohliges Prickeln unter ihrer Haut.

Eine Bewegung draußen im Dämmerlicht erregte ihre Aufmerksamkeit. Ein Mann ging durch den Hotelpark auf den Ring aus dichter Vegetation zu, der den Anfang des Regenwaldes kennzeichnete. Sydney versteifte sich, als sie ihn erkannte. Nicholas! Ihre Blicke folgten ihm, und es erfüllte sie mit eigenartiger Erregung, daß ausnahmsweise einmal sie diejenige war, die ihn beobachtete, ohne gesehen zu werden.

Er erreichte den Rand des Hotelgartens und wollte gerade den Wald betreten, als ihn irgend etwas veranlaßte stehenzubleiben. Zu Sydneys Überraschung kniete

Nicholas nieder und hob einen jungen Vogel auf, der aus dem Nest gefallen war.

Er hielt ihn einen Moment mit der Hand umfangen, und im schwachen Dämmerlicht des beginnenden Morgens sah Sydney, wie er das Tier mit dem Zeigefinger zärtlich streichelte. Was sie noch mehr verblüffte, war die Tatsache, daß er zu dem Vogel zu sprechen schien. Dann, mit außerordentlicher Behutsamkeit, setzte er den winzigen Vogel ins Nest zurück. Sydney erwartete, daß Nicholas nun seinen Weg fortsetzen würde, aber er tat es nicht.

Statt dessen trat er ein paar Schritte zurück und blieb abwartend stehen. Zuerst war Sydney nicht sicher, worauf er wartete, aber dann sah sie den Muttervogel, der über Nicholas' Kopf in einem Baum flatterte. Jetzt begriff sie, daß er abwartete, ob die Mutter ihr Junges im Nest akzeptieren würde.

In ihrem Raum, durch die Entfernung und das Glas getrennt, spürte Sydney, wie Nicholas den Atem anhielt, und tat unbewußt das gleiche. Die Vogelmutter umkreiste mehrmals unsicher das Nest, um sich dann endlich neben ihrem Jungen niederzulassen.

Sydney schaute zu Nicholas hinüber. Ein schwaches, sanftes Lächeln spielte um seine Lippen, während er Mutter und Junges beobachtete; dann machte er sich auf den Weg in den Regenwald.

Zwei Dinge waren es, die Sydney stark getroffen hatten. Zum einen die Tatsache, wie allein Nicholas wirkte auf dem Weg zu seinem Haus auf der anderen Inselseite, wo er schlafen würde, bis die Nacht den Tag verdrängte. Zum anderen die verblüffende Sanftheit, mit der er den kleinen Vogel behandelt hatte, und wie besorgt Nicholas ausgesehen hatte, bis die Mutter das Vogeljunge von neuem akzeptiert hatte. Er hatte echte Sorge um das Tier gezeigt, und die Vogelmutter hatte es gespürt und ihm vertraut.

Nicht zum ersten Mal fühlte Sydney sich von Nicholas' Persönlichkeit verwirrt und fragte sich, ob ein Mann wie er je richtig verstanden werden konnte.

Die Hoteblar, an der Sydney vor einem hohen Glas Eistee saß, öffnete sich zum Pool. Die Sonne war bereits im Untergehen begriffen, aber Sydney rührte sich noch immer nicht. Dabei war ihr bewußt, daß es der erste Sonnenuntergang war, den sie bewußt miterlebte, seit sie auf der Insel war. Normalerweise war sie um diese Zeit in ihrem Zimmer und zog sich für den Abend um.

Wolken hatten sich den ganzen Tag lang über der Insel zusammengezogen, und jetzt erstrahlten sie in einem grellen Orangerot. Sydney fragte sich, ob sich ein Sturm zusammenbraute. Das hätte den vagen Druck in ihrem Kopf erklärt und die rastlose Energie, die es ihr unmöglich machte, sich zu entspannen.

Unerklärlicherweise war sie doch noch eingeschlafen, nachdem sie Nicholas kurz vor Morgendämmerung gesehen hatte. Deshalb war sie jetzt nicht übertrieben müde.

Es war etwas ganz anderes, was sie beunruhigte und seit Stunden an ihren Gedanken nagte. Es mußte etwas Wichtiges sein, das spürte sie, und war ziemlich sicher, daß es etwas mit Nicholas zu tun hatte. Wenn sie sich doch bloß erinnern könnte, was es war!

Die Erwähnung seines Namens brachte sie mit einem

Ruck in die Gegenwart zurück und damit zu der Frau, die neben ihr saß. »Entschuldigen Sie bitte, Miriam. Was sagten Sie gerade?«

Miriam, eine elegante Dame mittleren Alters, war eine Bekanntschaft, die Sydney im Laufe der vergangenen Tage gemacht hatte. Miriams Mann, ein englischer Bankier, war ein begeisterter, aber nicht sehr geschickter Spieler. Miriam hatte Sydney erzählt, daß die Reise nach Charron eine Art Handel war, den sie mit ihrem Mann abgeschlossen hatte. Im Ausgleich für zwei Wochen auf der Insel, in denen er seinem Spieltrieb frönen konnte, hatte er ihr versprochen, sie danach zwei Wochen nach Paris zu begleiten.

»Ich fragte nur, ob Sie das Heftchen mit Nicholas Charrons Regeln gelesen haben, das in allen Zimmern liegt.«

»Ja, natürlich.«

»Nun, meine liebe Sydney, ich weiß nicht, wie Sie darüber denken, aber mich stört es, daß man hier keine Muscheln sammeln darf. So etwas habe ich noch nie gehört! Es ist schließlich ein Ferienort – und eine tropische Insel!«

Sydneys Ansicht nach gab es keinen Menschen, der weniger Schutz brauchte als Nicholas, dennoch fühlte sie sich verpflichtet, ihn zu verteidigen. »Ich glaube, er macht sich Sorgen, daß seine Gäste das ökologische Gleichgewicht des Riffs stören könnten, Miriam. Soviel ich gelesen habe, möchte er nur nicht, daß die Riesenmuscheln gesammelt werden. Sie ernähren sich von den Seepferdchen, die die Korallen zerstören. Eine natürliche Kontrolle der Seepferdchen ist sicher besser als alles, was ein Mensch tun könnte.«

»Ja, die Seepferdchen sind ein Problem«, stimmte Miriam widerstrebend zu. »Ich habe gehört« – sie beugte sich vertraulich vor –, »daß Mr. Charron gegenwärtig mit einer Studie über die Seepferdchenplage im gesamten Riff beschäftigt ist. Aber diese Information will er sicher nicht verbreitet wissen. Er ist so ein zurückhaltender Mann, wissen Sie.«

»Ja, das habe ich auch gehört.«

Miriam strich über ihr silbergraues Haar. »Allerdings bin ich ziemlich sicher, daß sich seine Sorgfalt und Pflege als positiv erweisen werden. Heute war ich mit dem Glasbodenboot draußen. Es war wunderschön und sicher die Fahrt wert, obwohl wir nicht viel mehr gesehen haben als Korallen. Das Wasser hatte eine ganz phantastische, tiefblaue Farbe. Sie hätten es sehen sollen, Sydney. Ein ganzer Schwarm von Papageienfischen schwamm unter dem Boot hindurch. Von oben sahen sie aus wie eine blau-grüne Wolke. Dann entdeckten wir eine Bank aus gelben und pinkfarbenen Korallen. Aber leider sieht man die wirkliche Unterwasserwelt nie richtig, wenn man nicht selbst taucht.«

Sydney trank einen Schluck von ihrem Tee. »Wie ich hörte, bietet das Hotel Ausrüstung und Kurse an. Warum nehmen Sie nicht einmal daran teil?«

Es schauderte Miriam. »Nicht einmal für ein Kleid von Dior würden Sie mich in dieses Wasser kriegen! Im Great Barrier Reef leben die giftigsten Wasserschlangen der Welt, und die Haie dürfen Sie auch nicht vergessen.«

»Vielleicht muß man die Gefahr in Kauf nehmen, wenn man wahre Schönheit sehen will.« Wie kommst du bloß darauf? fragte Sydney sich verblüfft und rieb sich verwundert die Stirn, während ihr Blick wieder zur untergehenden Sonne glitt.

Miriam schüttelte den Kopf. »Ich glaube, Sie sind eine viel zu vernünftige junge Dame, um so etwas zu glauben.«

»Früher hielt ich mich auch für vernünftig«, murmelte Sydney. Und dann fiel ihr ein, was sie schon die ganze Zeit beunruhigte. Es war etwas, was Nicholas gesagt hatte, bevor sie nach Melbourne gefahren war. Etwas über den Sonnenuntergang und die Lagune. »Entschuldigen Sie mich bitte, Miriam. Ich muß gehen.«

Sie hörte noch, wie Miriam ihr nachrief: »Sydney, wo wollen Sie hin? Werden Sie sich nicht zum Dinner umziehen?«

Sydney hörte es, aber sie nahm sich nicht die Zeit, darauf zu antworten.

Die abendliche Stille der Lagune faszinierte Sydney. Das Wasser, sonst türkisfarben, hatte unter dem letzten Tageslicht einen amethystgrauen Ton angenommen. Glänzender, smaragdgrüner Farn wuchs am Ufer, und hier und dort blühten wilde Orchideen. Und inmitten all dieser Schönheit befanden sich die schwarzen Schwäne von Charron, die mit majestätischem Ernst über die schimmernden Gewässer der Lagune glitten.

Aus der Entfernung erklang eine Glocke. Dreimal läutete sie, laut und klar. Und etwas ganz Bemerkenswertes geschah. Die Schwäne begannen unruhig zu werden. Sydney hielt gespannt den Atem an, das Herz schlug ihr plötzlich bis zum Hals. Einer nach dem anderen breiteten die Schwäne ihre silbergesäumten schwarzen Schwingen aus und erhoben sich in die Luft. Der Lufthauch, der von den Schwingen kam, fächelte kurz Sydneys Gesicht. Die Schwäne beschrieben einen Kreis über ihr und machten sich dann in wundervoller Einheit am rotgoldenen Himmel auf den Weg zur anderen Seite der Insel.

Sydney atmete tief ein, um die Erregung zu bewältigen, die sich ihrer bemächtigt hatte. Es war schwer zu glauben, aber nun hatte sie endlich die schwarzen Schwäne fliegen sehen, und es war mindestens so schön gewesen, wie sie es sich immer vorgestellt hatte. Ihre Anmut, ihre Schönheit im Flug waren ein Anblick, den sie nie vergessen würde.

Aber diese Glocke? dachte sie verwundert. Es war fast, als wären die Schwäne in Antwort auf das Glockengeläut zum Himmel aufgestiegen. War so etwas möglich? Und wohin waren sie geflogen?

Sie dachte auf dem ganzen Weg ins Hotel über das Gesehene nach. In der Eingangshalle begegnete sie Sai. Wie immer, wenn er sie sah, machte er eine tiefe, zeremonielle Verbeugung vor ihr und ging schweigend weiter.

Miriam, an Roberts Arm, winkte Sydney zu. »Da sind Sie ja, meine Liebe. Möchten Sie uns nicht beim Dinner Gesellschaft leisten?«

»Danke, Miriam, aber ich habe keinen Hunger.« Im gleichen Augenblick wurde ihr wieder der pochende Schmerz in ihren Schläfen bewußt. »Ich habe Kopfschmerzen.«

»Aber das ist ja schrecklich! Gehen Sie in Ihr Zimmer und ruhen Sie sich ein bißchen aus. Das ist das Beste in solchen Fällen. Mir hilft es immer, nicht wahr, Robert?«

Ihr Mann, ein korpulenter, sympathischer Mensch, nickte. »Ganz recht. Ruhen Sie sich aus, und dann sind Sie bereit für einen weiteren Angriff aufs Casino.« Er rieb sich die Hände. »Ich habe im Gefühl, daß ich heute Glück haben werde. Ich glaube, ich versuche es mal beim Blackjack. Das Roulette langweilt mich allmählich.«

Miriam verdrehte die Augen. »Das hoffe ich. Gestern abend hat Robert fünftausend Dollar verloren. Das sind mindestens zwei Diormodelle.«

Robert ignorierte ihre Bemerkung. »Vielleicht überträgt sich ein bißchen von Ihrem Glück auf mich, Sydney. Eine Spielerin wie Sie habe ich noch nie gesehen. Sie haben zwar noch kein Vermögen gewonnen, aber ich würde doch sagen, Sie sind auf dem Weg dazu!«

Miriam zupfte an seinem Ärmel. »Komm, Robert. Siehst du nicht, daß Sydney es eilig hat, in ihr Zimmer zu kommen? Legen Sie sich ein feuchtes Tuch auf die Stirn, meine Liebe, das wirkt Wunder.«

Während Miriam Robert fortzog, hob er die Hand. »Wir sehen uns später an den Tischen, Sydney.«

5

Sobald Sydney in ihrem Zimmer war, befolgte sie Miriams Rat und legte sich hin, aber sie konnte nicht aufhören, an die Schwäne zu denken. Sie endlich fliegen gesehen zu haben, war ein außergewöhnliches Erlebnis für sie gewesen. Aber so aufgeregt sie selbst darüber war, wußte sie doch, daß niemand sonst die Erfahrung als derart intensiv betrachtet hätte. Nur sehr wenige Menschen würden es verstehen können.

Sydney war versucht, den Hörer aufzunehmen und ihre Schwestern anzurufen. Sie würden sie verstehen, aber sie wußte auch, wie sie reagieren würden. Addie, die spirituellere von beiden, würde antworten: ›Ich habe dir doch immer gesagt, daß du sie eines Tages fliegen sehen würdest.‹ Und Manda, die abenteuerlustige, würde fragen, ob Sydney den Schwänen gefolgt war. Aber um das zu tun, mußte sie zuerst wissen, wohin die Tiere sich gewandt hatten.

Und das, soviel war ihr inzwischen klar, konnte nur ein Mensch wissen.

Trotz des anhaltenden Pochens in ihren Schläfen stand Sydney auf und zog sich um. Sie entschied sich für ein trägerloses Sommerkleid aus goldfarbener Seide. Bei den dazu passenden, goldbraunen Sandalen mit hohen Absätzen verzichtete sie auf Strümpfe. Rasch bürstete sie ihr Haar und steckte es zu einem losen Knoten am Oberkopf zusammen. Dann ging sie hinaus.

Aber als sie die schwarzen Metalltüren des Lifts erreichte, der in Nicholas' Privaträume führte, wurde ihr bewußt, daß sie keine Möglichkeit besaß, den Lift zu bewegen, da er nicht über die übliche Schalttafel verfügte. Jetzt erinnerte sie sich, daß es ein *privater* Lift war und sie bei den beiden Gelegenheiten, bei denen sie ihn benutzt hatte, von jemandem begleitet worden war. Das erste Mal war es Mike gewesen, das zweite Mal Nicholas selbst.

Was jetzt? fragte sie sich und schlug enttäuscht mit der flachen Hand gegen die Wand.

»Sagen Sie mir, was die Wand Ihnen getan hat, Sydney, und ich lasse sie sofort bestrafen.«

Sydney drehte sich beim Klang von Mikes Stimme erleichtert um. »Oh, gut, daß Sie da sind, Mike! Ich freue mich so, Sie zu sehen. Wie komme ich in Nicholas' Suite? Ist er oben?«

Mike betrachtete sie besorgt. »Wow, langsam, Kleines. Beruhigen Sie sich. Ist etwas passiert?«

Sydney schüttelte den Kopf. »N-N-Nicholas. Ist er oben? Kann ich ihn sehen?«

Mike steckte die Hand in die Hosentasche, zog einen Schlüssel heraus und steckte ihn ins Schloß der Aufzugtür. Sie glitt auf. »Der liebe Himmel sei mir gnädig, falls ich versuchte, Sie aufzuhalten, Sydney. Fahren Sie hinauf.«

Im Lift lehnte sie sich an die Wand und schloß die Augen. Sie kam sich unglaublich dumm vor, derart überstürzt zu Nicholas zu laufen. Aber sie wollte unbedingt ihr Erlebnis mit ihm teilen, wollte ihm erzählen, daß sie die schwarzen Schwäne fliegen gesehen hatte. Und irgendwie ahnte sie, daß er die Antworten kannte, die sie brauchte. Das Problem war nur, daß sie nicht richtig wußte, wie ihre Fragen aussahen.

»Sydney? Was ist passiert?«

Sie riß die Augen auf, als sie Nicholas' tiefe Stimme hörte. Er stand am Eingang zu seiner Wohnung, in seinen schwarzen Hosen und dem schwarzen Seidenhemd, vor dem Hintergrund der schwach erleuchteten Suite hinter ihm, wirkte er düster und bedrohlich, und Sydney fragte sich flüchtig, ob überhaupt etwas Helles, Lichtes in ihm wohnte. Dann fiel ihr ein, wie zärtlich er sich um das Vogeljunge bemüht hatte.

»I-i-ich wollte dich nur sehen. Ist es dir recht?«

»Das kann man wohl sagen.« Er kam zu ihr und nahm ihre Hand. »Aber du schaust nicht gut aus. Komm, setz dich.«

Sie folgte ihm zu einer Nische des Raumes, wo sie sich noch nie aufgehalten hatte und wo eine lange, breite Couch stand. Nicholas wartete, bis sie Platz genommen hatte. »Laß mich dir etwas zu trinken holen.«

Sie legte ihm die Hand auf den Arm. »Nein, bleib bitte.«

Mit einem seltsamen Blick ließ er sich neben ihr nieder. »Sydney, hast du etwas? Geht es dir nicht gut?«

»Doch, bestens. Ich wollte nur mit dir reden.«

»Worüber?«

»Nicholas, ich habe heute abend die Schwäne fliegen sehen!«

Er lächelte nachsichtig. »Ist es das, was dich so in Erregung versetzt hat?«

»Du hattest mir gesagt, ich sollte bei Sonnenuntergang zur Lagune gehen, weil du wußtest, daß ich dann die Schwäne fliegen sehen würde, nicht wahr?«

»Ja.«

»Warum?«

»Ich dachte, es würde dir gefallen.«

»Das stimmt. Aber wohin fliegen sie, Nicholas? Und warum fliegen sie um diese Zeit fort?«

Er steckte sich eine Zigarette zwischen die Lippen, zündete sie an und lehnte sich zurück, um Sydney einen Moment nachdenklich zu betrachten. »Sie fliegen zur anderen Seite der Insel.«

»Das weiß ich«, entgegnete sie ungeduldig. »Das konnte ich sehen. Aber wohin genau und warum?«

»Drüben gibt es noch eine Lagune. Sie bleiben dort bis Sonnenaufgang und fliegen dann zurück. Vor ein paar Jahren war einer der Gäste des Hotels sehr wütend, weil er beim Spiel starke Verluste erlitten hatte. Er hatte auch zuviel getrunken und ging zur Lagune hinunter, wo er beschloß, seinen Ärger an den Schwänen auszulassen. Er tötete einen.«

Sydney war entsetzt. »Das verstehe ich nicht. Wie kann jemand etwas so Schönes töten?«

»Manchmal fehlt es den Menschen an Respekt vor Schönheit, und vor allem vor dem Leben.«

Sydney massierte geistesabwesend ihre Schläfen. »Das mag sein. Und du willst mir damit sagen, daß die Schwäne aufgrund der gelegentlichen Mißachtung der Menschen Schönheit und dem Leben gegenüber ihrer Sicherheit wegen jeden Abend zur anderen Seite der Insel fliegen müssen.«

Nicholas blies Rauch aus, der für einen Moment wie eine Wolke zwischen ihnen hängenblieb. »Genau.«

Sydney lachte unsicher und rieb wieder ihre Schläfe. »Komisch, aber als ich in Killaroo aufwuchs, wäre ich nie auf die Idee gekommen, daß solch wunderbare Wesen in Gefahr sein könnten.«

»Nichts auf dieser Welt ist sicher vor Gefahren, Sydney.«

»Nein, vermutlich nicht, aber man sollte doch meinen, wenn es einen absolut sicheren Platz auf dieser Welt gibt, müßte es diese friedliche Insel sein.«

»Hast du Kopfschmerzen?«

Sie schaute ihn überrascht an. »Schon den ganzen Tag.«

Nicholas drückte seine Zigarette aus und breitete die Arme aus. »Komm her.«

Ohne nachzudenken, folgte sie seiner Aufforderung.

Nicholas veränderte seine Stellung, bis er in einer Sofaecke saß, und zog Sydney an seine Brust. »Du bist viel zu verkrampft, Sydney. Mach dir keine Sorgen um die Schwäne. Sie haben einen Ort gefunden, wo sie absolut sicher sind.«

»Ich mache mir keine Sorgen um die Schwäne. Ich war nur neugierig.«

»Jetzt weißt du es. Und es besteht kein Grund, dir über irgend etwas anderes Sorgen zu machen.«

Eine nach der anderen zog er die Nadeln aus ihrem Haar, bis es ihr in großen, ungeordneten Locken auf die Schultern fiel. Und Sydney merkte, wie gut es tat, die Nadeln nicht mehr zu spüren.

»Du hast wunderschönes Haar, Sydney. Warum steckst du es immer auf?«

Bevor sie antworten konnte, bevor sie wußte, was er vorhatte, spreizte er die Finger und begann sie wie einen Kamm durch ihr Haar zu ziehen. Immer wieder, bis sie sich zu entspannen begann und ihren Rücken an seine Brust lehnte und ihre Hände locker im Schoß liegenließ.

Sie empfand es als sehr intime Geste, wie er ihr Haar

mit seinen Fingern kämmte, und wunderte sich nur, daß diese Geste von einem Mann kam, der sich sonst in allem bemühte, jegliche Vertraulichkeit zu vermeiden.

»Nicholas?«

»Hm?«

»Ich habe dich einmal gefragt, warum du dich von den Leuten fernhältst. Du hast mir nicht darauf geantwortet.«

»Ich weiß.«

Seine Stimme klang ganz leise, als konzentrierte er sich ausschließlich auf ihr Haar und die leichte Massage, die er mit seinen Fingern ausübte. Sydneys Kopfschmerzen ließen nach, aber sie rührte sich nicht, blieb an seiner Brust liegen und ließ seine Körperwärme auf sich übergehen. »Du magst es nicht, wenn dir jemand zu nahekommt, nicht wahr?«

»Du kannst mir so nahekommen, wie du willst.«

Sydney hatte den Eindruck, daß seine Körpertemperatur rapide gestiegen war. »W-w-warum antwortest du nie direkt auf meine Fragen?«

Er legte seine Hände um ihre nackten Schultern und drückte sie leicht. »Entspann dich.«

»D-d-dann sag mir, warum du dich von den Menschen und vom Leben fernhältst.«

Er blieb stumm, ließ nur seine Fingerspitzen in kreisenden Bewegungen über ihren Nacken wandern, immer ein bißchen höher, bis sie ihren Oberkopf massierten.

Schließlich sagte er: »Die Antwort auf diese Frage ist derart kompliziert, daß ich wahrscheinlich selbst nicht genau weiß, warum. Das Leben besteht aus vielen Wendungen, und vor zehn Jahren hat meins eine ziemlich drastische Wendung genommen. Ich verlor meinen besten Freund, einen Mann, den ich mehr liebte als einen Bruder. Und eine Frau, die ich bewunderte und respektierte, hat seitdem unverschuldet schwer gelitten.«

Langsam kreisten seine Finger über ihren Oberkopf, erreichten ihre Stirn und begannen auch dort eine sanfte Massage, von der Stirn zum Haaransatz und von dort zu den Schläfen.

Sydney wartete, hoffte, daß er mehr sagen würde, aber er meinte nur abschließend: »Es waren zehn lange Jahre für mich. Wunden verheilen, Sydney, aber oft bleibt der Schmerz zurück.«

»Es tut mir leid«, sagte sie, aus dem Wunsch heraus, ihn zu trösten.

»Es ist nicht dein Mitleid, das ich will.« Ganz plötzlich rückte er nach links und drehte Sydney um, so daß sie auf seinem Schoß zu liegen kam und ihn ansehen konnte. Sie schaute zu ihm auf und war fasziniert von dem Schattenspiel, das die flackernden Kerzen auf sein Gesicht warfen. »Was ich will, Sydney«, murmelte er, »ist alles, absolut alles, was du mir geben kannst. Und noch viel mehr.«

Warum sagt er so etwas? dachte Sydney verwirrt. Heute abend hatte er ihr ein bißchen von sich erzählt und ihr eine Spur von Verwundbarkeit gezeigt. Und er hatte sie von ihren Kopfschmerzen befreit. Alles in allem war es ihm gelungen, die verschiedensten Emotionen in ihr auszulösen, körperlicher und seelischer Natur, und sie wußte nicht, wie sie ihnen begegnen sollte.

Und Nicholas ließ ihr keine Zeit, darüber nachzudenken. Über der goldenen Seide ihres Kleids schloß sich seine Hand um ihre Brust, und eine Hitzewelle schoß aus ihrem Magen durch ihren ganzen Körper.

»Wenn du mich läßt, Sydney, kann ich in dich greifen und all das berühren, was dich befreien wird.«

Die Spannung wich aus ihrem Körper, wurde von einer angenehm trägen Sinnlichkeit ersetzt. Sie schloß die Augen und lauschte auf Nicholas leise, einschmeichelnde Stimme.

Mit leichtem Druck seiner Hand schob er ihre Brust nach oben, bis ihre weiche, elfenbeinfarbene Fülle sichtbar wurde. »Du gefällst mir in diesem Kleid«, flüsterte er. »Ich mag es, wie deine Brüste das Oberteil formen. Mir gefällt, wie der Ausschnitt sich rundet, wie er mir einen Ausblick bietet auf das Tal zwischen deinen Brüsten . . .«

Während er sprach, glitt seine andere Hand leicht über ihren Reißverschluß. ». . . und ich mag diesen Reißverschluß, weil er es mir so einfach macht, dich auszuziehen . . .«

Seine Stimme und seine Worte wirkten hypnotisierend auf Sydney, und so merkte sie kaum, daß er den Reißverschluß ganz aufzog. Aber dann strich er mit der Spitze eines jeden Fingers über ihr Rückgrat, hinunter zu ihrer Taille, und langsam glitt ihr Kleid zu Boden.

». . . damit ich dich berühren kann, so, wie ich es mir gewünscht habe, ganz und gar und ohne Hemmungen, seit jener Nacht, in der ich dich zum ersten Mal gesehen habe. In dieser Nacht habe ich angefangen, mich zu fragen, wie Samt wohl schmecken würde.«

Er beugte den Kopf, und seine Lippen schlossen sich um die Spitze ihrer Brust, liebkosten sie. Die Gefühle, die er damit in ihr weckte, drohten sie zu überwältigen.

Hitze, fast zu stark, um sie zu ertragen, schoß durch ihre Adern.

Als er schließlich den Kopf wieder hob, glitt sein Blick unwillkürlich zu ihrem Mund. »Samt schmeckt wie reiche, cremige Sahne«, murmelte er.

Mit dem Daumen liebkoste er die aufgerichteten Spitzen ihrer Brust. Eine Welle von Lust überflutete Sydney, und unwillkürlich ballte sie ihre Hände zu Fäusten, wie um sich selbst daran zu erinnern, daß sie die Kontrolle über sich wenigstens nicht ganz verlieren wollte. Aber Nicholas fuhr mit seinen Liebkosungen fort.

». . . wie cremige Sahne, die man über Blumen gegossen hat.«

Sydney seufzte, dann verschloß er ihr mit einem Kuß den Mund, mit einem Kuß voller Verlangen, der wildes Begehren in ihr entfachte. Seine Hände brannten wie Feuer auf ihrer Haut. Sie begann den Kampf um ihre Kontrolle zu verlieren. Ihre Leidenschaft war mächtiger.

Nicholas küßte sie, immer wieder, bis ihre Hände nicht mehr zur Faust geballt waren und sich um seine Schultern klammerten. Die Muskeln unter seinem schwarzen Seidenhemd waren angespannt und bebten, als er seine Hände über ihre Haut gleiten ließ und merkte, wie sie auf ihrem Weg Empfindsamkeit und Verlangen auslösten.

»Laß dich gehen, Sydney. Laß dir endlich zeigen, wie es zwischen uns sein könnte.«

Seine machtvolle Persönlichkeit war überwältigend; seine dunkle Erscheinung verwirrend. Und das Resultat war, daß sie ihn begehrte.

»Du bist so schön, Sydney, so entzückend, ich möchte

dich von neuem kosten«, flüsterte er, sie zurückbiegend, um ihre Brustspitze zu küssen.

Während die Gefühle, die er damit auslöste, immer mächtiger wurden, wurde Sydneys Widerstand immer schwächer. Mit seinen Lippen auf ihrer Brust löschte er die Gegenwart, die Wirklichkeit komplett aus, und Sydney stieß einen leisen, erschrockenen Schrei aus, als es ihr bewußt wurde.

Was denkst du dir eigentlich dabei? fragte sie sich entsetzt. Sie war kurz davor, sich diesem exotischen, rätselhaften Mann hinzugeben und damit eine Grenze zu überschreiten, die sie sich selbst gesetzt hatte. Ein neues Gefühl erwachte in ihr, das sie augenblicklich als Angst erkannte.

Fast hätte sie sich von ihm an den Rand des Abgrunds locken lassen. Ein Schritt weiter, und was wäre dann passiert? Sie hatte keine Vorstellung davon, und genau das war es, was sie so erschreckte.

Ihr erster Eindruck von Nicholas war richtig gewesen. Dieser Mann war die personifizierte Gefahr. Er war wie sein Namensvetter, Charon, die dunkle, geheimnisvolle Gestalt aus der griechischen Mythologie, die Macht über die Seelen der Menschen besaß und sie mit seiner Fähre über den Styx in eine andere Welt entführte. Sydney hatte das beängstigende Gefühl, daß ihre Seele in Gefahr war.

Sie entzog sich Nicholas und zog mit zitternden Händen ihr Kleid zurecht, um ihre Blöße zu bedecken.

»Was hast du?« fragte er mit heiserer Stimme, die sie fast veranlaßt hätte, sich wieder in seine Arme zu schmiegen.

Doch sie stand auf und zog ihren Reißverschluß hoch.

»I-i-ich kann es nicht, Nicholas«, sagte sie leise. »Du verlangst zuviel.«

Obwohl sein heftiges Atmen seine Erregung verriet, hatte er sich genug unter Kontrolle, um Sydney ruhig betrachten zu können. Mit einer beherrschten Geste griff er nach seinen Zigaretten und seinem Feuerzeug.

»Glaub es, Sydney, oder glaub es nicht – ich will nichts von dir, was du nicht bereit bist zu geben.«

Ihre Haut brannte noch von seiner Berührung, ihr Körper bebte noch unter dem Ansturm ihrer Gefühle. Sie begehrte ihn und war es leid, sich dagegen zu wehren. Dennoch konnte sie nicht umhin, eine scharfe Erwiderung zu geben. »Es fällt mir schwer, mir vorzustellen, daß du dabei an mich denkst.«

Er lächelte schwach. »Vielleicht hast du recht. Vielleicht bin ich ein selbstsüchtiger Mensch. Ich kann es nicht sagen, ich habe noch nie darüber nachgedacht. Aber weißt du . . . sehr oft, wenn ich mit dir zusammen bin, besteht die Möglichkeit für mich, die Nacht zum Tage zu machen und die Qual zu vergessen.«

Sydney starrte ihn ungläubig an. »D-d-das kann nicht wahr sein!«

»O doch. Du besitzt eine ganz besondere Macht, Sydney.«

Sie schüttelte abwehrend den Kopf. »N-n-nein. Das stimmt nicht.« Wie Stahl, der sich von einem Magneten angezogen fühlt, wollte sie zu ihm gehen und sich in seine Arme schmiegen. *Er* war es, der die Macht besaß. »Ich glaube, ich gehe jetzt lieber.«

»Morgen nacht, Sydney. Ich sehe dich wieder . . . morgen nacht.«

Darauf hatte sie keine Antwort.

Sydney verbrachte eine schlaflose Nacht, drehte und wälzte sich unruhig im Bett. Ihr war klar, daß sie im Begriff war, sich in eine Falle zu begeben, aus der es kein Entkommen gab. Bei jeder Begegnung trieb Nicholas sie näher und näher an den Punkt heran, an dem sie ihrem Verlangen nachgeben und eine Welt betreten würde, in der es keine Kontrolle und nur sehr wenig Licht gab.

Aber dafür wird es Leidenschaft geben, sagte sie sich, so oft, daß sie sich schließlich im Bett herumwälzte wie eine läufige Katze. Und Nicholas . . . Für viele Frauen hätten diese beiden Faktoren genügt und eine überwältigende Versuchung bedeutet. Aber nicht für Sydney. Sie brauchte mehr, das wußte sie.

Am Morgen war ihre Entscheidung gefallen. Sie mußte die Insel verlassen. Eine andere Alternative gab es nicht.

Sie zog sich eilig an und packte ihre Sachen. Dann griff sie zum Telefon und wartete, bis sie mit den Opalfeldern von Dead Man's Ridge und ihrer Schwester Manda verbunden war.

»Sydney? Warum rufst du so früh am Morgen an? Ist etwas passiert? Brauchst du Addie und mich? Wenn du willst, daß wir kommen, setze ich mich mit Addie in Verbindung, und Jacto und ich . . . Sydney, warum sagst du nichts?«

»Wahrscheinlich, weil du mir keine Gelegenheit dazu gegeben hast«, entgegnete Sydney trocken.

»Oh . . . schon gut, dann rede endlich! Sag mir, was passiert ist.«

Sydney schwieg einen Moment und ließ sich noch einmal durch den Kopf gehen, was sie sagen wollte. Sie durfte Manda auf keinen Fall beunruhigen. Manda hatte ihre eigenen Sorgen, genau wie Addie.

»Es ist nichts passiert, Manda. Ich wollte dir nur sagen, daß ich Charron verlasse und nach Brisbane zurückkehre. Heute nachmittag kannst du mich in meiner Wohnung erreichen.«

»Das verstehe ich nicht. Warum reist du ab? Das letzte Mal, als wir miteinander sprachen, sagtest du doch, es würde alles bestens klappen.«

»So war es auch«, antwortete Sydney rasch. »Ich habe fünfzigtausend Dollar gewonnen, aber es geht nicht so schnell, wie ich dachte. Deshalb möchte ich es irgendwo anders versuchen.«

»Wo?«

Diese Frage hatte Sydney schon befürchtet.

»Im *Wombat.*«

»Ist das nicht das Casino am Stadtrand von Brisbane?«

»Ja.«

»Sidney, das ist ein *illegales* Casino!«

»Ich weiß, aber es hat seine Vorteile. Es liegt in Brisbane, so daß ich mir die Kosten eines Hotelzimmers sparen kann, und wie ich hörte, wird dort hoch und schnell gespielt. Ist dir eigentlich klar, daß ich nur einen Zehn-zu-Eins-Gewinn brauche und das Geld habe? Wenn ich es noch vor unserem festgesetzten Termin gewinne, könnte ich dir oder Addie helfen, wer immer mich am meisten braucht.«

Mandas Antwort klang sehr nachdenklich, und Sydney konnte hören, wie unbehaglich ihrer Schwester zumute war. »Das wäre schön, natürlich, aber . . . bist du sicher, daß es richtig ist, was du vorhast?«

»Ganz sicher. Jetzt muß ich auflegen. Ich habe schon gepackt und werde jetzt gleich aufbrechen. Kannst du Addie für mich anrufen?«

»Klar. Aber . . .«

»Aber was?«

»Hast du nicht gesagt, du hättest beim letzten Mal Schwierigkeiten gehabt, die Insel zu verlassen?«

»Ja, aber diesmal weiß ich genau, wie ich es anstellen muß.«

»Na gut. Sydney . . . sei bitte vorsichtig.«

»Keine Angst, Manda. Ich weiß, was ich tue. Wir sprechen uns bald wieder.«

Sydney legte den Hörer auf und sprach ein stummes Stoßgebet aus, in der Hoffnung, auch wirklich zu wissen, was sie tat.

»Bitte, beeilen Sie sich, Sai! Öffnen Sie die Tür. Ich muß dringend mit Mike reden.«

Sai gehorchte stumm. Diesmal hielt Sydney sich nicht damit auf, sich im Wohnzimmer umzuschauen. Sie ging auf direktem Weg ins Schlafzimmer weiter.

»Mike, wachen Sie auf! Mike!«

Wie beim ersten Mal, richtete er sich abrupt im Bett auf. »Was ist? Sydney? Was ist los?«

»Es tut mir leid, daß ich Sie geweckt habe, aber ich muß sofort abreisen.«

Mike rieb sich stöhnend die Augen. »Nicht schon wieder!«

»Doch. Alles, was ich brauche, ist eine Erlaubnis, den Helikopter zu benutzen. Also rufen Sie bitte die zuständige Person an, dann störe ich Sie nicht länger.«

»Weiß Nicholas Bescheid?«

»Er schläft. Ich möchte ihn nicht stören.«

Wenn es Mike entgangen war, daß sie seine Frage

nicht direkt beantwortet hatte, lag es wahrscheinlich daran, daß sich plötzlich die Laken neben ihm bewegten und eine verschlafene Stimme fragte: »Mike?«

Mike drehte sich verwirrt um, und Sydney hatte den Eindruck, daß er ganz vergessen hatte, nicht allein im Bett zu sein. Anscheinend war er, wie sein Chef, an eine Vielzahl williger junger Frauen in seinem Bett gewöhnt.

»Schlaf weiter, Kathy.«

Ein blonder Kopf erschien, und große blaue Augen starrten Sydney feindselig an. »Wer ist sie?«

Mit einem Gefühl von déjà-vu streckte Sydney ihre Hand über Mike und sagte: »Sydney Delaney. Wie geht es Ihnen?«

»Mike!« wandte sich Kathy empört an ihn. »Ich habe dir doch gestern abend gesagt, daß ich nicht für Menagerien bin.«

»Ich glaube, Sie meinen *ménage à trois*«, berichtigte Sydney freundlich, wobei sie sich das Lachen kaum verkneifen konnte.

Kathy schaute sie verständnislos an.

Mit einem ergebenen Seufzer griff Mike nach dem Telefonhörer. »Ich nehme an, es handelt sich mal wieder um einen Notfall.«

»Ja.« Notfall ist das richtige Wort dafür, dachte Sydney. »Danke, Mike. Oh . . . und Kathy . . .« Für einen Moment war Sydney versucht, Mike zu sagen, daß Leslie ihr besser gefallen hatte, aber sie verbiß sich die Bemerkung. Mike brauchte keinen Rat. Wenn überhaupt, brauchte er einen Polizisten, um den Betrieb in seinem Schlafzimmer zu regeln. »Ich freue mich, Sie kennengelernt zu haben, Kathy.«

Es ist gut, wieder in Brisbane zu sein, dachte Sydney. Es war längst nicht so exotisch und glamourös wie die Insel von Charron, aber was 1824 als Siedlung ehemaliger Sträflinge begonnen hatte, war heute ein angenehmer Ort, um dort zu leben und um zu arbeiten. Brisbane besaß seinen ganz eigenen Charme als Stadt, mit seinen Straßen, die nach berühmten Damen benannt waren, wie Ann und Elizabeth, und parallel verliefen, um von Straßen, nach berühmten Männern benannt, wie Eduard und George, gekreuzt zu werden.

In ihrer Wohnung stellte sie jedoch fest, daß das Apartment, das seit sechs Jahren ihr Zuhause war, längst nicht soviel Trost bot, wie sie vermutet hatte. Die Möbel und die sonstige Einrichtung, die sie mit soviel Liebe ausgesucht hatte, kamen ihr auf einmal ganz fremd vor.

Aber das ist das normale Leben, ermahnte sie sich. Man stand morgens auf, arbeitete von neun bis fünf, lebte mit einem strikten Budget und ging mit Männern aus, die das Tageslicht nicht scheuten. Verdammt!

Den Rest des Nachmittags ruhte sie sich aus oder versuchte es zumindest, und war froh, als der Moment kam, sich für den Besuch im *Wombat* umzuziehen. Im Bewußtsein, daß es dort ganz anders sein würde als in dem eleganten Casino auf Nicholas' Insel, kleidete sie sich ziemlich konservativ. Im letzten Augenblick legte sie noch eine schmale Silberkette um, an der ein silbernes Medaillon befestigt war. Ein Kreuz war auf dem Medaillon eingraviert, mit einem Türkis, der die Mitte des Kreuzes zierte.

Die Kette und das Medaillon waren ein Familienerbstück. Als es noch ihrer Mutter gehörte, bestand das Schmuckstück aus drei identischen Medaillons, die miteinander verbunden waren. Nach ihrem Tod, als sie drei kleine Mädchen hinterließ, sieben, acht und neun Jahre alt, hatte Sydneys Vater die Medaillons trennen lassen, damit jedes Kind eins bekam.

»Bring mir Glück«, murmelte sie, während sie die Kette unter ihrem Kleid verbarg.

6

Das *Wombat* war überfüllt, laut und stickig. Dichter Zigarettenrauch hing in der Luft, und spärlich bekleidete Kellnerinnen in knappen Uniformen sorgten dafür, daß der Alkoholstrom nicht versiegte. Sydney vermutete, daß die Besitzer des Casinos den Genuß von alkoholischen Getränken förderten, um die Gewinne des Hauses zu steigern.

Sydneys Respekt für Nicholas wuchs. In seinem Casino und vor allem an den Spieltischen war jeglicher Alkohol verboten. Er hatte zwar nie etwas in dieser Richtung gesagt, aber Sydney vermutete, daß es ihn gestört hätte, seine Gewinne zu vergrößern, weil das rationelle Denken seiner Gäste durch Alkohol eingeschränkt war.

Wie kommst du jetzt darauf? fragte sich Sydney und hätte fast eine Stufe übersehen. Sie konnte gar nicht sicher sein, daß das der Grund für die Trennung von Bar und Casino war. Aber dann korrigierte sie sich rasch. Natürlich wußte sie, warum Nicholas sein Casino so eingerichtet hatte. Er war jemand, der sich um kleine Vögel sorgte. Wie sollte er dann den Menschen gegenüber gleichgültig sein?

Mit angeekeltem Gesicht und einem leisen Fluch erhob sich ein Mann vom Spieltisch, und Sydney belegte seinen Stuhl. Im *Wombat* wurde Black Jack mit vier Kartenspielen gespielt, und das war Sydney recht, denn so hatte sie auch auf Charron gespielt. Es wird einfacher sein, als ich dachte, beruhigte sie sich, und wie zur Bestätigung gewann sie in der ersten Stunde ein Spiel nach dem anderen und verdoppelte ihr Geld. Ihre Hoffnungen stiegen. Wenn sie etwas rücksichtsloser spielte als sonst, dann nur, weil sie schnell gewinnen wollte. Und es ist ja nicht so, als würde meine Taktik nicht funktionieren, sagte sie sich, während sie einen weiteren Stapel Chips zu sich heranzog.

Während sie darauf wartete, daß der Croupier die Karten ausgab, bemerkte Sydney das Glas Champagner, das eine Kellnerin neben ihren Ellbogen gestellt hatte. Und da der dichte Rauch sie allmählich durstig machte, trank sie einen Schluck von dem kühlen Getränk.

»Darf ich Ihnen einen richtigen Drink bestellen?« erkundigte sich ein Mann neben ihr mit schleppender Stimme, die verriet, daß er schon zuviel getrunken hatte. Er zeigte ihr sein Glas. »Scotch sollten Sie trinken. Champagner ist etwas für Nonnen.«

»Dann bin ich eben eine Nonne. Außerdem trinke ich nicht. Ich war nur ein bißchen durstig, das ist alles.«

»Sie spielen aber nicht wie eine Nonne«, bemerkte er bewundernd. »Sie können es mit den Besten aufnehmen.«

»Danke.«

Er beugte sich vor, und sie nahm seinen whiskyschweren Atem wahr. »Mein Name ist übrigens Harvey – und Sie sind eine richtige Schönheit.« Er rülpste und fuhr dann fort: »Ich glaube, Sie sollten heute nacht mit mir nach Hause gehen.«

»Ich danke Ihnen für die – äh – Einladung, Harvey, aberr nein, vielen Dank.«

Sydney gewann die nächste Runde und die übernächste, und ihre Euphorie stieg. Sie merkte es kaum, als sie zu verlieren begann, denn anfangs waren ihre Verluste minimal im Verhältnis zu ihren Gewinnen. Aber bald schon hatte sie vierzigtausend Dollar verloren, und sie zwang sich, eine Pause zu machen, um die Situation zu überdenken. Während sie an dem immer vollen Glas Champagner nippte, kam sie zu dem Schluß, daß ihre Verluststrähne nur vorübergehend sein konnte und nickte dem Dealer zu, ihr Karten zu geben.

Dreißig Minuten später hatte sie schon sechzigtausend Dollar verloren und fand, daß die Temperatur im *Wombat* in der letzten halben Stunde dramatisch gestiegen war. Es war unglaublich heiß. Sie trank einen weiteren Schluck der kühlen goldenen Flüssigkeit aus ihrem Glas und fühlte sich sofort besser. Es muß die Hitze sein, die mich vergessen läßt, welche Karten zuletzt ausgespielt wurden, dachte sie. Ihr sonst so klares, fotografisches Gedächtnis produzierte nur noch verschwommene Bilder.

Harvey klopfte ihr auf die Schulter und lehnte sich schwer gegen sie. »Keine Sorge, hübsches Kind. Sie sind zu gut, um zu verlieren. Ihr Glück wird zurückkehren.«

»Das hoffe ich«, murmelte Sydney, während sie ihn aufrichtete.

»Sagen Sie, wie heißen Sie eigentlich?«

»Sydney.«

Harvey maß den Dealer mit einem aufsässigen Blick. »Entweder geben Sie Sydney jetzt gute Karten, oder Sie kriegen es mit mir zu tun! Sydney geht nämlich heute nacht mit mir nach Hause.«

Etwas später, während Sydney ihre Karten betrachtete, merkte sie zum ersten Mal, daß sie Schwierigkeiten hatte, sich zu konzentrieren. Sie hatte eine Sechs und eine Vier in der Hand, und die Karte, die der Croupier für sich umgedreht hatte, war eine Sieben. Sydneys Aussichten, eine Zehn oder eine Karte, die für Zehn zählte, zu bekommen, waren gut, deshalb verdoppelte sie ihren Einsatz und hoffte, mit der letzten Karte die Zahl Zwanzig zu erreichen.

Mit der inneren Überzeugung, ihre Verluste nun wieder auszugleichen, wartete sie auf diese letzte Karte. Sie traute ihren Augen nicht, als sie kam. Eine lausige *Drei*! Der Dealer drehte seine zweite Karte um – ein Zwei – und nahm sich eine dritte – einen Buben. Sydney stöhnte. Sie hatte Dreizehn, der Croupier Neunzehn. Verdammtes Pech!

Sie trank noch einen Schluck Champagner. Automatisch griff sie nach ihrem Stapel Chips und fand keinen einzigen. Verwirrt schaute sie auf den Tisch und stellte fest, daß ihre sämtlichen Chips verschwunden waren. *Sie hatte alles verloren!*

»Wie konnten Sie ihr das antun?« fragte Harvey den Dealer, der ihnen mit steinerner Miene gegenübersaß. »Jetzt kommt sie vielleicht nicht mit zu dir, und ich habe nie eine schönere Frau als sie gesehen!«

»Sydney, Gott sei Dank, daß wir dich gefunden haben!«

Sydney starrte auf ihr Champagnerglas und fragte sich, wieso es immer voll ein konnte. Sie hatte nie gemerkt, daß jemand nachschenkte, aber ihre Konzentration war ja auch beim Spiel gewesen. Sie war plötzlich wie betäubt. Wie konnte sie über hunderttausend Dollar verloren haben?

»Sydney!«

Die Stimme klingt wie Addies Stimme, dachte sie

geistesabwesend und überlegte, ob es jemanden stören konnte, wenn sie für ein paar Minuten den Kopf auf den Tisch legte.

Zwei Hände packten ihren Arm und drehten sie herum. Es war tatsächlich Addie, und Manda war bei ihr. Sydney hätte am liebsten geweint. Ihre beiden Schwestern waren, wie immer, wenn sie sie brauchte, gekommen, um sie zu trösten.

»Wenn Addie nicht bei mir gewesen wäre, hätte ich dich in diesem Gedränge nie gefunden«, sagte Manda. »Komm, wir müssen sofort von hier verschwinden.«

Sydney strahlte ihre Schwestern an. »Ich bin so froh, euch zu sehen!«

»Und wir freuen uns auch«, sagte Addie, »aber jetzt müssen wir ganz schnell fort.«

Sydney betrachtete neugierig Mandas schulterlanges, zimtfarbenes Haar. »Ist dein Haar anders?«

»Wahrscheinlich ist mir die Hälfte ausgefallen. Ich hätte es mir vor Sorge um dich auf dem Weg hierher fast ausgerupft.«

»Sorge?« fragte Sydney stirnrunzelnd.

»Manda hat einen Freund angerufen, um sich nach diesem Casino zu erkundigen, und erfuhr, daß es einen ganz miesen Ruf hat«, erklärte Addie. »Es finden regelmäßig Razzien statt. Komm schon, los, laß uns machen, daß wir hier herauskommen!«

Es war der übliche Ton ihrer zarten, zerbrechlich wirkenden Schwester, daher rührte Sydney sich nicht. »Ich habe alles verloren«, erzählte sie Manda und Addie mit Tränen in den Augen. »Ich kann es nicht fassen, aber er hat mir eine Drei gegeben!«

»Sydney kommt mit mir nach Hause«, mischte sich Harvey ein.

»Und wer sind Sie?« wollte Manda wissen.

»Das ist Harvey. Er ist betrunken«, erklärte Sydney.

»Ich glaube, er ist nicht der einzige«, murmelte Addie, an Manda gewandt.

Sydney stöhnte. »Wißt ihr, wie gering die Möglichkeit war, daß ich eine Drei bekam?«

»Nein«, schnappte Manda, »und im Moment interessiert es mich auch nicht. Los, mach schon. Dieser Ort ist mir unheimlich.«

Das Risiko, daß ihm Sydney vor seinen Augen entführt werden konnte, veranlaßte Harvey zum Handeln. Er stand auf, griff über den Tisch und packte den Croupier am Hemdkragen. »Es wird Ihnen noch leid tun, daß Sie Sydney eine Drei gegeben haben, denn sie wollte keine Drei!« Damit versetzte Harvey dem verdutzten Dealer einen Kinnhaken.

Gleichzeitig ertönte ein Lautsprecher vor dem Casino. »Ladies und Gentlemen, es findet eine Razzia statt. Bleiben Sie bitte auf Ihren Plätzen . . .«

Ein wilder Tumult brach aus.

Manda riß Sydney vom Stuhl, und Harvey, dem der Dealer einen Gegenschlag versetzt hatte, sank auf ihren Platz.

»Mir wird gleich schlecht«, verkündete Sydney.

Addie zog sie dicht an sich heran und schaute ihr fest in die Augen. »Nein, jetzt nicht, verstehst du? Dir wird nicht schlecht, klar? Wir gehen jetzt nach draußen, und dir wird dabei nicht schlecht. Klar?«

Sydney nickte.

Manda duckte sich, als dicht neben ihrem Kopf ein

Stuhl vorübersauste. Mitten in seiner Flugbahn befand sich der breite Rücken des Croupiers, an dem der Stuhl in tausend Stücke zersplitterte.

Sydney in der Mitte, ihre Schwestern rechts und links von ihr, gingen die drei auf den Ausgang zu. Überall um sie herum fanden Prügeleien statt. Die Croupiers sammelten hastig Kassenzettel und Chips ein, in Vorbereitung eines überstürzten Aufbruchs. Die Polizeibeamten waren entweder in die Prügeleien verwickelt oder damit beschäftigt, die Streithähne zu trennen.

Ein Faustschlag ging so nahe an Sydneys Ohr vorbei, daß sie den Luftzug spüren konnte. Manda hob eine Bierflasche auf und zog sie dem Angreifer über den Kopf.

»Mach einen großen Schritt«, riet Addie, und Sydney stieg benommen über den Körper eines Mannes, den jemand niedergeschlagen hatte.

Harvey sprang aus Verzweiflung über Sydneys Abgang auf einen Tisch, griff nach der darüberhängenden Lampe und schwang sich in die Menge, um Sydney zu verfolgen. Momente später landeten Harvey und die Lampe krachend auf dem Boden, direkt hinter Sydney und ihren Schwestern.

Keine von ihnen merkte etwas davon. Sie gingen zielstrebig weiter. Ein großer, untersetzter Mann stellte sich ihnen in den Weg. Manda schnappte sich einen Eiskübel und goß ihn über dem Kopf des Mannes aus. Überrascht taumelte er zurück, und sie setzten ihren Weg fort.

Vor ihnen schleppte ein großer Polizist zwei zappelnde Kellnerinnen hinaus, eine unter jedem Arm, als handelte es sich um Gepäckstücke.

Jemand prallte gegen Sydney. Sie streckte den Fuß

aus, um das Gleichgewicht zu halten und brachte dabei unabsichtlich einen anderen Mann zu Fall, der nach Addie greifen wollte.

Endlich, schon an der Tür, standen sie einer letzten Barriere gegenüber – einem Polizisten. »Niemand darf das Lokal verlassen«, sagte er entschieden. »Gehen Sie wieder hinein. Einer meiner Männer wird sich um Sie kümmern.«

Addie richtete ihre großen braunen Augen auf ihn und lächelte ihn an. »Wir gehen *jetzt*.«

Ein verwunderter Ausdruck huschte über sein strenges Gesicht. Dann nickte er. »Sie gehen jetzt.«

Addie schwebte an ihm vorbei, aber als Manda und Sydney ihr folgen wollten, hielt er sie auf. »Niemand darf den Saal verlassen.«

»Wir sind bei ihr«, sagte Manda und deutete auf Addie, die bereits draußen stand.

Der Polizist schaute Addie fragend an. Sie nickte. »Na gut«, sagte er dann.

»Mein Wagen steht dort drüben.« Sydney machte eine vage Handbewegung zum Parkplatz hin.

»Du fährst mit uns.«

»Aber du hast doch gar keinen Wagen in Brisbane«, sagte Sydney, stolz, daß sie sich daran erinnerte.

Aber Addie nahm ihr den Wind aus den Segeln. »Wir haben am Flughafen ein Auto gemietet.«

»Jacto fährt deinen Wagen zu deiner Wohnung zurück«, warf Manda ein.

Sydney riß sich von ihren Schwestern los. »Jacto! Oh, bin ich froh, daß Jacto gekommen ist! Wo ist er? Ich möchte ihn begrüßen.«

Ein großer, dunkelhäutiger Mann trat aus der Dunkelheit.

»Jacto! Wunderbar, daß du gekommen bist! Ich habe all mein Geld verloren und . . . ich glaube, mir wird gleich schlecht.«

»Es wird vorübergehen«, sagte Jacto beruhigend.

»Nein, ich glaube nicht. Oh, Hilfe!«

»Bring sie hinter den Wagen«, sagte Manda zu Addie, während sie Sydney die Handtasche abnahm. »Ich suche ihre Wagenschlüssel.«

Addie hielt ihre Schwester geduldig, während Sydneys Magen sich vom Champagner befreite. Danach wischte Addie ihr mit einem Taschentuch das Gesicht ab. »Jetzt fühlst du dich besser, nicht wahr?«

Sydney nickte gehorsam.

»Sydney! Sydney!«

Sie drehte sich um und sah Harvey an der Tür des Casinos stehen, von einem Polizeibeamten gewaltsam zurückgehalten.

»Sydney!« rief Harvey verzweifelt. »Wir sehen uns doch wieder?«

Sie hob mühsam eine Hand. »Bye, bye, Harvey.«

Manda lenkte den Wagen in eine Parklücke vor Sydneys Wohnung. »Mach dir keine Sorgen, Liebes«, sagte sie beruhigend zu ihrer Schwester.

»Addie und ich haben unser Ziel auch noch nicht erreicht.«

»Aber ich habe alles verloren«, entgegnete Sydney verzweifelt. »Ich habe keinen Cent mehr übrig.«

»Wir haben noch zwei Wochen Zeit«, meinte Addie tröstend. »In zwei Wochen kann viel geschehen.«

»Es hat keinen Sinn, Addie. Diesmal wird dein Zauber nichts ausrichten können. Ich mache mir große Sorgen.«

Mit einem Blick in den Rückspiegel stellte Manda den Motor aus und zog den Schlüssel aus der Zündung. »Jacto ist direkt hinter uns. Laßt uns ins Haus gehen und die Lage besprechen. Es fällt uns sicher eine Lösung ein.«

Addie drückte beruhigend Sydneys Arm. »Genau. Das ist das beste. Vergiß nicht, daß wir drei unbesiegbar sind!«

Sydney stöhnte. »Nicht, wenn eine von uns einen Kater hat.«

Nicholas, der im Schatten der Veranda wartete, beobachtete, wie Sydney und zwei andere junge Frauen aus einem Wagen stiegen. Ein Aborigine, der hinter ihnen geparkt hatte, gesellte sich zu ihnen.

Er hörte eine der Frauen, die mit dem schulterlangen, zimtfarbenen Haar, lachend sagen: »Jacto!«

Die andere Frau hatte kürzeres, flammendrotes Haar. Was sie sagte, konnte er nicht verstehen, nur ein einziges, ziemlich derbes Schimpfwort. Es überraschte ihn, es aus dem Munde einer Frau zu vernehmen, die so engelhaft zart wirkte.

Aber es war Sydney, die seine Hauptaufmerksamkeit in Anspruch nahm. Sie ließ den Kopf hängen und schaute nicht auf. Als sie die Stufen zur Veranda erreichte, drehte sie sich um. »Manda, hast du die Schlüssel?«

»Hier.« Manda schob sich an Sydney vorbei und hüpfte die Treppe hinauf. Als sie Nicholas sah, blieb sie abrupt stehen.

Jacto stellte sich sogleich in eine Position, aus der er eingreifen konnte, falls es nötig sein sollte.

Manda betrachtete Nicholas interessiert. »Hallo! Und wer sind *Sie*?«

»Nicholas Charron.« Er schaute an Manda vorbei auf Sydney, die bei seinem Anblick gestolpert und gegen Addie geprallt war. »Alles in Ordnung, Sydney?« fragte er besorgt.

»Ja«, beruhigte Addie ihn. »Sie sind der Besitzer des ›Glaspalasts‹, nicht wahr?«

»Die Insel von Charron gehört mir«, erwiderte Nicholas und ging rasch die wenigen Schritte bis zu Sydney.

Addie schaute Manda an. »Das ist es, was ich gesagt habe.«

Manda wandte ihren Blick nicht von Nicholas. »Hi. Ich bin Manda, und das ist Addie. Wir sind Sydneys Schwestern.«

»Ich freue mich, Sie kennenzulernen«, sagte er.

»Könnten wir bitte hineingehen?« bat Sydney, da sie nicht sicher war, wie lange ihre Beine sie noch tragen würden.

»Oh, natürlich!« Manda wurde plötzlich aktiv, steckte den Hausschlüssel ins Schloß und öffnete die Tür.

Während sich alle in die kleine Wohnung drängten, wurde es Sydney von neuem schwindlig, aber diesmal lag es nicht am Champagner. Was machte Nicholas hier? Sie hatte sich schon gedacht, daß er über ihre Abreise verärgert sein würde, doch hätte sie nie vermutet, daß sein Ärger ihn veranlassen könnte, seine Insel zu verlassen, um sie zu suchen.

Sie schaute ihn verstohlen an. O ja, er war ärgerlich, das war ihm anzusehen, aber er schien auch noch mit einem anderen Gefühl zu kämpfen. Komisch, dachte sie verwirrt und überlegte, wie sie sich ihm gegenüber verhalten sollte.

Mit ihren beiden Schwestern, dem großen, stillen Jacto und Nicholas schien ihre Wohnung überfüllt. Es war ihr bewußt, daß sie in diesem Augenblick die Gastgeberin war, aber es fiel ihr nichts ein, was sie tun konnte.

Es war Addie, die die Angelegenheit in die Hand nahm. »Ich glaube, Sydney könnte eine Tasse Kaffee gebrauchen. Wie wär's, wenn wir alle in die Küche gingen?«

»Gute Idee«, stimmte Manda mit einer Begeisterung zu, die Sydney gern empfunden hätte.

Aber Manda kennt Nicholas ja auch nicht, dachte Sydney, als sie ihren Schwestern in die Küche folgte und sich an dem kleinen Tisch niederließ, der fast den ganzen Raum ausfüllte. Manda konnte nicht wissen, wie sehr Nicholas eine Frau verwirren konnte . . .

Sydney beschloß, Addie und Manda zu warnen. »Nicholas kommt nur bei Nacht heraus, ich bin ziemlich sicher, daß er ein Vampir ist.«

Ihre Schwestern warfen ihr einen besorgten Blick zu. Dann wandten sie sich an Nicholas. »Es geht ihr gut. Sie hat nur ein bißchen zuviel getrunken.«

Sie verstehen es nicht, dachte Sydney betrübt und legte den Kopf in beide Hände.

»Sie scheint mehr als ein *bißchen* zuviel getrunken zu haben«, murmelte Nicholas, während er Sydney mit besorgter Miene musterte.

»Machen Sie sich keine Sorgen.« Manda schob ihn ohne großes Aufhebens zu einem Stuhl, der Sydney gegenüberstand. »Sie wird sich schnell erholen, sobald wir sie mit ein paar Tassen Kaffee und Protein versorgt haben. Ich werde ein paar Sandwiches zurechtmachen. Möchten Sie auch eins?«

»Nein. Aber ich hätte gern eine Tasse Kaffee.«

Addie hatte die Kaffeemaschine bereits angestellt. »Er ist gleich fertig.«

Manda steckte den Kopf in den Kühlschrank. »Sydney, du hast nicht mal eine Selleriestange im Eisschrank!«

»Ich war fort.«

»Wie bitte?«

Sydney hob den Kopf aus ihren Händen. »Ich war fort.«

Addie warf ihr einen mißbilligenden Blick zu. »Was bedeutet, daß du nichts gegessen hast, bevor du zum *Wombat* gefahren bist. Was hast du dir eigentlich dabei gedacht? Kein Wunder, daß du betrunken bist.«

»Ich bin nicht betrunken«, murmelte Sydney.

»Du warst im *Wombat*!« rief Nicholas entsetzt. »Das ist ein gefährliches Lokal.«

»So schlimm war es gar nicht«, antwortete Sydney.

»Nein, bis die Polizei kam, wohl nicht«, warf Manda ein, die nun im Küchenschrank nach etwas Eßbarem suchte. »Hör mal, du hast ein paar Dosen Thunfisch hier. Wenn wir jetzt in bißchen Brot hätten, wäre das Problem gelöst. Vielleicht könnten wir uns bei einem deiner Nachbarn Brot borgen?«

»Meine Nachbarn schlafen schon alle«, sagte Sydney. »Schick lieber Addie.«

Addie nickte. »In Ordnung. Ich bin gleich zurück.« Jacto folgte ihr stumm.

Nicholas runzelte die Stirn. »Wer ist dieser Mann?«

»Mein Freund«, erwiderte Manda. »Wir sind viel zusammen unterwegs.«

»Was machst du hier, Nicholas?« wollte Sydney wissen.

»Ich bin gekommen, um dich zurückzuholen.«

»Der Kaffee ist fertig«, verkündete Manda und stellte eine Tasse vor Nicholas und vor Sydney. »Trink!« befahl sie ihrer Schwester, um sicherzugehen, daß sie es auch tat, dann setzte sie sich hin.

Nicholas schaute auf seine Tasse. »Sydney, kann ich dich unter vier Augen sprechen?«

Manda kreuzte die Arme über der Brust und schaute ihn aus ihren bernsteinfarbenen Augen streng an. »Nein, das können Sie nicht. Jedenfalls nicht, solange sie sich nicht besser fühlt. Ich weiß nicht, was zwischen euch beiden vorgeht, aber ich sehe auf einen Blick, daß man in Topform sein muß, um mit Ihnen umgehen zu können.«

»Schon gut, Manda.« Sydney streckte die Hand aus und berührte Mandas Hand. »Nicholas, ich kann nicht mit dir auf die Insel zurückkehren.«

»Ich fahre nicht ohne dich zurück.«

»Was werden Sie tun, wenn die Sonne aufgeht?« erkundigte Manda sich interessiert. »Ich meine, weil Sydney doch sagte, daß Sie ein . . .« Sie schwieg.

Sydney trank einen Schluck Kaffee. Das heiße, starke Getränk zeigte fast augenblicklich Wirkung. »Ich kann nicht auf die Insel zurück, Nicholas, weil ich heute nacht mein ganzes Geld verloren habe.«

Alles?«

Addie kam hereingestürmt, Jacto dicht hinter sich. »Hi, wir sind wieder da! Sydney, dein nächster Nachbar,

Mr. Carson, ist ein Schatz. Er hat mir ein ganzes Brot gegeben.«

»Mr. Carson ist einer der unfreundlichsten Nachbarn, die ich je hatte, Addie, und niemand, der ihn kennt, käme je auf die Idee, ihn als ›Schatz‹ zu bezeichnen.«

Addie runzelte verwirrt die Stirn. »Komisch. Na ja . . . wer will ein Sandwich?«

Manda sprang auf. »Wir alle. Ich helfe dir, sie zu schmieren.«

Ohne Sydney aus den Augen zu lassen, lehnte sich Nicholas zurück und zündete sich eine Zigarette an. »Ich verstehe nicht, wie du dein ganzes Geld verlieren konntest. Du bist viel zu gut dafür.«

»Sie hat eine Drei bekommen«, warf Addie erklärend ein.

»Und dann all der Champagner«, fügte Manda hinzu.

»Was?«

Sydney schob ihren Stuhl zurück und stand auf. »Hör mal, ich habe jetzt wirklich keine Lust, über diese Nacht zu sprechen. Ich nehme lieber eine lange, heiße Dusche.«

»Und während du fort bist, haben wir Gelegenheit, Nicholas besser kennenzulernen«, stimmte Manda zu. »Schmecken Ihnen unsere Thunfischsandwiches, Nicholas?«

Syney war ganz sicher, daß Nicholas nie Thunfischsandwiches aß. Aber das ist nicht mein Problem, beschloß sie, während sie die Küche verließ und in ihr Schlafzimmer ging., Manda und Addie bildeten ein beeindruckendes Gespann, aber Sydney war dennoch ziemlich sicher, daß Nicholas ihnen gewachsen sein würde.

Sie zog ihre Sachen aus und ging dann unter die

Dusche. An die Wand gelehnt, ließ sie das heiße Wasser auf sich herabprasseln, bis die Spannung aus ihren Gliedern wich und ihr Kopf ein bißchen klarer war.

Irgendwann wurde ihr bewußt, daß Tränen über ihre Wangen liefen und ein schmerzhaftes, bohrendes Gefühl in ihrem Magen entstanden war. Sie wußte, daß beides nichts mit dem Champagner zu tun hatte. Sie hatte ihre Schwestern enttäuscht, indem sie ihr ganzes Geld verloren hatte, und schlimmer noch, sie hatte ihren Vater im Stich gelassen. Ohne ihren Anteil an der benötigten Summe gab es keine Möglichkeit, das Land zurückzukaufen, das Killaroo wieder zu einer richtigen Farm machen würde.

Lange Zeit ließ sie das Wasser über ihren Kopf laufen, bis ihr Haar durchnäßt war und die Farbe von altem Burgunder angenommen hatte. Langsam ließ die Wirkung des Alkohols in ihrem Körper nach, und sie begann sich wieder wie sie selbst zu fühlen. Und das bedeutete, daß sie nicht mehr bereit war, aufzugeben, wie noch kurz zuvor. Aber was kann ich in zwei Wochen schon tun? fragte sie sich verzweifelt. Wie soll ich in zwei Wochen an fünfhunderttausend Dollar kommen?

Und da war auch noch Nicholas zu bedenken, der in ihrer Küche saß. Er war gekommen, um sie zurückzuholen. Obwohl er praktisch jede Frau in seinem Casino haben konnte, war er gekommen, um sie, Sydney, zurückzuholen. Es überraschte sie maßlos.

Schließlich stellte sie das Wasser ab und trat aus der Dusche, um sich abzutrocknen und anzuziehen. Zehn Minuten später, in Jeans und einer schlichten Baumwollbluse, ging sie in die Küche zurück.

Addie schaute auf. »Da bist du ja. Jetzt siehst du wieder mehr wie du selbst aus.«

Manda reichte ihr eine Tasse Kaffee.

»Danke.« Sydney schaute zu Nicholas hinüber und stellte fest, daß er sie beobachtete. Sie richtete den Blick auf ihre Schwestern. »Hört mal, seid nicht böse, aber ich glaube, ich sollte lieber allein mit Nicholas reden.«

Sydney sah, daß Addie und Manda vor Neugier platzten, aber jemand, der sie nicht kannte, hätte nichts davon gemerkt.

Manda nahm ihre Kaffeetasse. »Klar, kein Problem. Wir warten nebenan.«

Als Manda, Addie und Jacto die Küche verlassen hatten, wandte sich Sydney an Nicholas.

»Setz dich, Sydney«, sagte er. »Trink deinen Kaffee.«

Sie trank einen Schluck, blieb jedoch stehen. »Solltest du nicht lieber auf deine Insel zurückkehren, Nicholas? In drei, vier Stunden wird es hell.«

»Sobald du sagst, daß du mich begleitest, machen wir uns auf den Weg.«

»Du hörst mir nie zu, Nicholas. Ich sagte, daß ich mein ganzes Geld verloren habe. »Ich *kann* nicht mit dir zurückfahren!«

Der Rauch aus seiner Zigarette verbarg für einen Moment sein Gesicht, aber seiner Stimme war der Ärger anzuhören, den er empfand. »Und natürlich wäre das Spiel der einzige Grund für dich, auf die Insel zurückzukehren.«

Sie wandte den Kopf ab. »Ich könnte mir nicht einmal ein Hotelzimmer erlauben.«

»Und wenn ich dich einlade, bei mir zu wohnen?«

»Würde ich nein sagen.«

»Und wenn ich dir ein Zimmer im Hotel anbiete, das dich nichts kosten wird?«

»Sage ich nein.«

Nicholas drückte die Zigarette so heftig aus, als sei sie der Anlaß seiner Probleme. »Und wenn ich dir einen Job anbieten würde?«

»Einen Job!«

»Einen Job, mit Unterkunft und Verpflegung.«

»Und was soll ich tun?«

»Als Croupier arbeiten.« Sydney öffnete den Mund, um zu widersprechen, aber Nicholas ließ sie nicht zu Wort kommen. »Hör zu, Sydney. Ich habe nie jemanden gesehen, der besser mit Karten umzugehen versteht als du. Ich habe dich beobachtet und schließlich festgestellt, daß du ein fotografisches Gedächtnis besitzt. Wenn du verlierst, liegt es nicht daran, daß du einen Fehler beim Zählen der Karten gemacht hast. Als Croupier könntest du mir sehr nützlich sein.«

»Aber . . .«

»Ich sagte, hör zu. Ich weiß, daß du von der fixen Idee besessen bist, fünfhunderttausend Dollar zu gewinnen. Wenn ich auch nicht begreife, warum, so akzeptiere ich es doch. Ich wäre deshalb bereit, dir zehntausend Dollar zu geben. Wenn du nach, sagen wir, drei Wochen, dein Ziel nicht erreicht hast, wirst du für mich arbeiten.«

»Ich habe keine drei Wochen Zeit. Höchstens zwei.«

»Um so besser für mich. Dann wirst du noch schneller für mich arbeiten.«

Ihre kleine Küche war ihr noch nie so mit Gefahr geladen vorgekommen. Sie fragte sich flüchtig, wie Nicholas es schaffen mochte, diesen Effekt zu erzeugen. Er saß ganz still, und doch strahlte er Wellen von Energie aus, die sie beinahe körperlich empfand. Trotzdem, oder vielleicht gerade deshalb, hielt sie seinem Blick gelassen stand. »Und wenn ich dir am Ende dieser Zeit deine zehntausend Dollar zurückzahlen kann?«

Er schien zu zögern. »Dann bist du nicht verpflichtet, für mich zu arbeiten.«

Ihr Herz klopfte wie verrückt, und es gab nichts, was sie dagegen tun konnte. »Warum bist du bereit, soviel für mich zu tun, Nicholas?«

»Du hast eine fixe Idee, Sydney – du willst dieses Geld gewinnen. Ich habe auch eine fixe Idee.« Er lächelte. »Ich stelle fest, daß du mich nicht fragst, worin sie besteht.«

»N-N-Nicholas . . .«

»Wie ist deine Antwort, Sydney? Wirst du den Job annehmen?«

Sydney ging ratlos mit den Fingern durch ihr feuchtes Haar. »Zehntausend Dollar. Das ist eine Menge Geld.«

»Mach dir darüber keine Sorgen. Ich kann nichts dabei verlieren. Entweder gibst du es mir zurück, oder du arbeitest für mich. Und in jedem Fall habe ich dich noch zwei Wochen länger bei mir auf der Insel.«

»D-d-du wirst sicher verstehen, daß ich die meiste Zeit am Spieltisch sitzen werde.«

»Die meiste Zeit – aber nicht die ganze.« Er machte eine Pause. »Also, was sagst du dazu, Sydney?«

Sie sagte sich, daß sie keine Wahl hatte.

Sie sagte sich, daß sie zwei Wochen mit Nicholas auf der Insel überstehen würde.

Sie sagte sich all das, aber sie glaubte nichts davon.

»Ich akzeptiere dein Angebot. Und ich danke dir dafür.«

7

Sydney erwachte spät an diesem Nachmittag in dem Zimmer, das sie dreiunddreißig Stunden zuvor verlassen hatte. Nicholas hatte ihr einen größeren Raum geben wollen, aber sie hatte auf demselben kleinen Zimmer bestanden, das sie vorher bewohnt hatte. Ich zahle ihm die zehntausend Dollar zurück, nahm sie sich vor, plus die Kosten für das Zimmer und ihr Essen. Nicholas Charron etwas schuldig zu bleiben, würde sie viel zu teuer zu stehen kommen.

Und doch war sie mit ihm zurückgefahren.

Und obwohl es stimmte, daß er ihr eine zweite Chance gegeben hatte, das Geld zu verdienen, das sie so dringend für ihren Vater brauchte – und wofür sie bereit war, fast alles zu tun – lag noch sehr viel mehr in ihrer Entscheidung, Nicholas' Angebot anzunehmen. Das wußte sie auch.

Er wartete mit bewundernswerter Geduld. Und beobachtete sie. Und er schien zu wissen, daß tief in ihr Gefühle erwachten und täglich intensiver wurden.

Er war kein kalter Mensch: er war nur vorsichtig und auf der Hut. Eigenschaften, die Sydney bestens kannte. Ihr ganzes Leben lang hatte sie auf der Hut sein müssen, um ihr Stottern zu verhindern. Er hingegen hatte von Tod und Leiden gesprochen.

Er war ein Mann, der nachts lebte, weil das Tageslicht zu hell war und die Erinnerungen im Hellen zu sehr schmerzten.

Ihm nachzugeben, würde bedeuten, von Dunkelheit

umgeben zu sein. Aber nachts glitzern die Sterne am Himmel, tröstete Sydney sich. Und einige Nächte waren weich und von einer Sinnlichkeit erfüllt, die sie wie Samt erscheinen ließ.

Es klappt gut an den Spieltischen, dachte Sydney, als sie zu einer kurzen Pause in ihr Zimmer zurückging. Ihr blieb nicht mehr viel Zeit, deshalb hatte sie auf ihre übliche Vorsicht verzichtet und an diesem Abend alles riskiert. Wie es das Glück – oder Pech – so wollte, verlor sie natürlich auch ein paarmal, aber ihr Verstand war klar, ihre Entschiedenheit unumstößlich, und sie zweifelte nicht daran, daß sie das Geld, das sie brauchte, gewinnen würde.

Sie steckte den Schlüssel ins Türschloß und drehte ihn um.

»Sie sind also zurück.«

Beim Klang von Mikes Stimme wandte sie sich um, aber ein ganz anderer Mike, als der, den sie in Erinnerung hatte, stand vor ihr. Sein charmantes Lächeln war verschwunden, das lustige Zwinkern seiner grünen Augen erloschen. Der Mann, der vor ihr stand, strahlte nur unbändigen Zorn aus, und ein drohender Ausdruck beherrschte sein Gesicht.

»Mike, was ist los?«

»Gute Frage. Was hatte das alles zu bedeuten, Sydney? Wollten Sie sich Ihre Macht beweisen, indem Sie die Insel verließen – um zu sehen, ob Nicholas Ihnen folgte? Das konnten Sie sich doch denken, oder?«

»Mike, es tut mir leid, aber ich habe keine Ahnung, wovon Sie reden.«

»Erstens haben Sie mich belogen. Es war nicht wie das erste Mal, als Sie abgereist sind. Sie hatten gar nicht die Absicht, zurückzukommen, nicht wahr? Als ich mich an der Rezeption erkundigte, wurde mir gesagt, daß Sie Ihre Rechnung beglichen und das Zimmer aufgegeben hatten.«

»Es tut mir leid. Ich gebe zu, daß ich Sie belogen habe, aber es war wichtig für mich, die Insel zu verlassen. Ich wußte, daß Sie Nicholas wecken würden, falls ich verriet, daß ich endgültig abreisen wollte.«

Ihre Entschuldigung schien ihn nicht zu besänftigen. »Und das hätte Ihre Absichten empfindlich gestört, nicht wahr? Sie mußten ihn von der Insel locken.«

Sydney war völlig verwirrt. Sie schaute Mike stirnrunzelnd an. »Locken? Mike, ich hätte nie gedacht, daß Nicholas mir folgen würde. Das müssen Sie mir glauben. Und es wäre besser, wenn Sie mir sagen würden, warum Sie so wütend sind.«

Er maß sie mit einem nachdenklichen Blick, als könnte er sich nicht recht entscheiden. »Wußten Sie es nicht? Hat er es Ihnen nicht gesagt?«

»Was soll er mir gesagt haben?«

»Sydney, Nicholas hat sich in große Gefahr gebracht, indem er Ihnen gefolgt ist.«

»G-G-Gefahr? Was soll das denn heißen?«

»Wenn er Ihnen nichts gesagt hat, ist es ihm sicher nicht recht, wenn ich Ihnen alles verrate. Ich kann Ihnen nur sagen, daß er gewarnt wurde, die Insel nicht zu verlassen. Ich kann ihn nur schützen, solange er hier ist.« Er machte ein grimmiges Gesicht. »Als ich hörte, daß er Ihnen nachgereist war, bekam ich fast einen Herzanfall.«

»Davon wußte ich nichts.«

»Okay, ich glaube es Ihnen, und vielleicht sollte ich mich bei Ihnen entschuldigen. Aber bitte, Sydney, verlassen Sie die Insel nicht mehr. Es ist von ungeheurer Wichtigkeit, daß Nicholas hier in meiner Nähe bleibt, wo ich ihn beschützen kann.«

»Mike, ich habe keine Macht über das, was Nicholas tut oder nicht tut.«

Mikes harte grüne Augen maßen sie mit einem herausfordernden Blick. »Nein?«

Als Sydney Nicholas zehn Minuten später die Tür zu ihrem Zimmer öffnete, war der Schock über das, was Mike gesagt hatte, noch deutlich auf ihrem Gesicht zu erkennen.

Nicholas sah es auf den ersten Blick. »Was hast du, Sydney? Ich habe dich vorhin beobachtet und gesehen, daß du gewonnen hast.«

»Das stimmt. Aber das ist es nicht. Nicholas. Mike sagte, du hättest dich in Gefahr gebracht, als du die Insel verlassen hast, um mich zurückzuholen.«

Er zog die dunklen Brauen zusammen. »Mike redet zuviel.«

»Aber es ist wahr?«

Er setzte sich hin und schlug die langen Beine übereinander. »Möglich. Aber Mike nimmt seine Augabe viel zu ernst. Er hat mich schon so lange beschützt, daß er manchmal zu vergessen scheint, daß ich auch sehr gut selbst auf mich aufpassen kann.«

Sydney setzte sich auf die Bettkante, um Nicholas näher zu sein. »Nicholas, worin besteht diese Gefahr? Warum mußt du auf der Insel bleiben?«

Er lächelte. »Ich scheine dir immer sagen zu wollen, du

sollst dir keine Sorgen machen. Ohne daß es viel nutzt«, fügte er trocken hinzu. »Aber in diesem Fall bitte ich dich, mir zu glauben, daß wirklich kein Anlaß zur Sorge besteht.«

Sydney verschränkte ihre Arme. »Du weichst meiner Frage schon wieder aus, Nicholas.«

Er sah sie nachdenklich an. »Bedeutet es dir etwas, eine direkte Antwort zu hören?«

»Ja. Sehr.«

Er zündete sich eine Zigarette an. »Na schön. Ich werde dir eine kleine Geschichte erzählen.« Er starrte einen Moment auf die brennende Zigarettenspitze. »Vor einigen Jahren war ich Kapitän meines eigenen Schiffes und in das Herausschmuggeln von Kunstgegenständen aus China verwickelt, um sie, in Anbetracht der politischen Situation, vor der sicheren Zerstörung zu bewahren. Ich hatte eine Rivalin in diesem Geschäft, eine sehr schöne, sehr intelligente Frau namens Mandarin. Sie war mindestens so gut wie ich, und obwohl es ihr gelang, Schätze aus dem Land zu bringen, an die ich mein Herz gehängt hatte, nahm ich es ihr nicht übel. Ich respektierte sie, und schließlich gab es genug für uns alle. Jeder von uns war dabei, ein riesiges Vermögen anzusammeln.«

Er blies eine dichte Rauchwolke in die Luft. »Wie es das Schicksal so wollte, verliebte Mandarin sich in den zweiten Kommandanten meines Schiffs. Josh war auch mein bester Freund. Wir hatten schon auf den Straßen von Chicago miteinander gespielt und zusammen ganz Südostasien bereist. Aber irgendwo auf diesem Weg hatte Josh sich verändert, irgend etwas in ihm hatte sich verdreht. Es geschah ganz langsam, fast unmerklich, direkt vor meinen Augen, und es gab nichts, was ich dagegen tun konnte . . . außer für ihn da zu sein.«

»Dann, eines schönen, sonnigen Tages, wurde Mandarin und mir eine Falle gestellt. Ich hatte das Glück, zu entkommen, aber Mandarin wurde geschnappt und hinter dem Bambusvorhang ins Gefängnis gesteckt. Zehn Jahre lang habe ich mich bemüht, sie freizubekommen, und jetzt ist es mir endlich gelungen.«

Sydney atmete langsam aus. Erst jetzt wurde ihr bewußt, daß sie die ganze Zeit den Atem angehalten hatte. »Eine unglaubliche Geschichte.«

Sein Mund zuckte. »Es ist nicht nur eine Geschichte. Es ist mein Leben.«

»Ich weiß, und das macht es noch unglaublicher. Aber ich verstehe nicht, warum du jetzt in Gefahr bist?«

»Ganz einfach. Mandarin glaubt, *ich* hätte sie verraten und ihr diese Falle gestellt. Mandarin hat mir Rache geschworen. Wenn sie meinen Respekt als Schmugglerin besaß, so respektiere ich sie noch viel mehr als Feindin. Ihre Rache wird tödlich sein.«

»Du hast sie aber nicht verraten.« Es war keine Frage, sondern eine Feststellung.

Seine dunklen braunen Augen glänzten vor Gefühl, als er Sydney fest anschaute. »Danke. Nein. Ich habe sie nicht verraten. Das hat Josh getan.«

Sydney riß entsetzt die Augen auf. »Dein bester Freund!«

»Und Mandarins Liebhaber. Aber sie hat es nie erfahren, und sie ist eine Frau, die genauso leidenschaftlich haßt, wie sie lieben kann. Und jetzt hat sie ein zusätzliches Motiv gefunden, mich zu hassen. Sie glaubt nicht nur, ich hätte ihr eine Falle gestellt, sondern sie ist auch überzeugt, ich hätte Josh umgebracht.« Seine Stimme war kaum mehr als ein Flüstern. »Sie weiß nicht, daß ich mein eigenes Leben aufs Spiel gesetzt hätte, um zu verhindern, daß ihm etwas zustieß.«

Nicholas' Qual ging tief, aber er konnte damit umgehen. Er verstand sie gut zu verbergen. Doch Sydney spürte, wie er litt, und hätte am liebsten geweint um ihn. »Was ist wirklich passiert?«

Nicholas drückte seine Zigarette aus. »Ich glaube, das werden wir nie genau erfahren. Ich habe nur Informationen erhalten, nach denen die chinesischen Agenten – die gleichen Leute, die Josh eine beachtliche Summe für Mandarins und meine Ergreifung versprochen hatten – für seinen Tod verantwortlich sind.«

Sydney war zutiefst bestürzt. Und sie wußte, daß nichts, was sie sagen konnte, der Situation angemessen sein würde.

Nicholas stand auf und zog sie mit sich. »Jetzt weißt du Bescheid, Sydney. Aber dieses Wissen ändert nichts zwischen uns. Du bist eine Frau, die zu großem Mitgefühl fähig ist, und deine goldbraunen Augen verraten mir, daß du es in diesem Augenblick für mich empfindest. Und deshalb muß ich dir noch einmal sagen, daß es nicht Mitleid ist, was ich von dir will.«

Mit seinen Händen auf ihren Armen und seinem Körper so dicht an ihrem begann Sydneys Blut zu kochen. Er hatte recht. Ganz instinktiv war der Wunsch in ihr erwacht, ihn in die Arme zu nehmen und ihn zu trösten. Aber er war kein Mann, der Trost wünschte.

Statt dessen wollte er etwas, was sie noch keinem Mann geschenkt hatte. Ihre Leidenschaft. Und trotz ihrer

Zweifel löste der Gedanke ein heftiges Begehren in ihr aus.

Dann spürte sie seine hungrigen Lippen auf ihrem Mund und empfand seinen Kuß als etwas ganz Natürliches. Seine Hände hielten sie besitzergreifend; sie schlang ihm die Arme um den Hals. Mit Verstand und Körper erwiderte sie den Kuß; ihre Gedanken überschlugen sich vor Verwirrung, ihr Körper pochte vor Verlangen.

Es war ihr bewußt, daß sie Nicholas keinen Widerstand entgegenzusetzen hatte, sobald er sie in die Arme nahm, und es fiel ihr immer schwerer, ihre drängenden Gefühle zu beherrschen. Trotz allem war ihr klar, daß sie im Begriff war, sich in einen feurigen Abgrund ziehen zu lassen, dessen Flammen sie verzehren würden.

Aber was konnte sie schon dagegen tun?

Nicholas spürte ihr Nachgeben. Wäre sie eine andere Frau gewesen, hätte er nicht gezögert, sie zu nehmen, gleich jetzt. Aber sie war Sydney. Und plötzlich wußte er, daß er ihr, wenn auch vielleicht nichts anderes, zumindest Aufrichtigkeit geben konnte. Er zog sich widerstrebend von ihr zurück, aber es gelang ihm nicht, seine Hände von ihr zu lösen.

Mit rauher Stimme sagte er: »Sydney, ich bin nicht sicher, ob ich die Fähigkeit besitze, jemanden zu lieben. Früher hatte ich sie, aber jetzt bin ich dessen nicht mehr so sicher. Ich weiß nur, daß mein Verlangen nach dir, meine Gefühle für dich, mit jedem Tag, der vergeht, intensiver werden. Sie sind ein Teil von mir, und ich kann nicht einmal atmen, ohne den Wunsch zu verspüren, dich neben mir zu haben, um diesen Atemzug zu teilen. Ich begehre dich, Sydney, aber du mußt das gleiche Verlangen nach mir empfinden. Du mußt zu mir kommen.«

Und dann ging er, und Sydney, die am ganzen Körper bebte, blieb mitten im Zimmer stehen und schaute ihm betroffen nach.

Die Schwäne schienen Sydney an diesem Abend gerufen zu haben, und sie war dem Ruf gefolgt. Jetzt stand sie auf dem Sonnendach von Nicholas' Glaspalast, von dem sie einen herrlichen Ausblick auf die ganze Insel hatte, auf die Lagune und die Schwäne.

Während sie sich umschaute, fragte sie sich, warum sie noch nie hier heraufgekommen war. Es war ein wunderschöner Ort, mit exotischen Pflanzen, Tischen, Liegestühlen und Sonnenschirmen. Sogar ein Teleskop stand den Gästen zur Verfügung.

Heute abend hatte sie das Dach ganz für sich allein. Die meisten Gäste, vermutete sie, hielten sich in ihren Zimmern auf, um sich für den Abend umzukleiden.

Sie selbst, als sie den Ruf der Schwäne spürte, hatte sich schon früh umgezogen und trug nun eines ihrer Lieblingskleider. Es bestand aus dunkelroter Seide, die merkwürdigerweise keinen unangenehmen Kontrast zu ihrem rötlichen Haar darstellte, seine ungewöhnliche Farbe höchstens unterstrich, und den elfenbeinfarbenen Ton ihrer Haut voll zur Geltung brachte. Das Oberteil erinnerte an eine Kinderschürze, aber da hörte die Ähnlichkeit mit einem Kinderkleid auch schon auf. Sicher, der vordere Ausschnitt reichte nur züchtig bis zu ihren Schulterknochen, aber dafür war das Kleid hinten bis zur Taille ausgeschnitten und mit schmalen Strapsträgern versehen, die sich im Rücken kreuzten.

Ihr Blick wurde wie magisch von den Schwänen angezogen. Sie wollte sie heute abend fliegen sehen, und sie wollte feststellen, wohin sie sich wandten. Jetzt glitten sie noch majestätisch über die stille Lagune, aber Sydney wußte, daß sie sich in wenigen Minuten in den orangegoldenen Himmel erheben würden.

Ihre Neugier veranlaßte Sydney, das Teleskop zu benutzen. Durch sein Glas erschienen die Schwäne so nah, daß sie glaubte, sie berühren zu können. Sie drehte das Teleskop herum, überblickte die Insel, den Regenwald, und dahinter die unberührtere Seite der Insel.

Und da hörte sie die Glocke. Sie hob lauschend den Kopf. Einmal . . . zweimal . . . dreimal erklang das Läuten. Wie schon zuvor, setzten sich die Schwäne in Bewegung und erhoben sich auf ihren breiten Schwingen in den Abendhimmel. Sydneys Kehle wurde eng, als sie ihren Flug verfolgte. Ihre anmutigen schwarzen Körper hoben sich deutlich gegen den rötlichen Himmel ab, als sie eine Runde über der Lagune drehten, um dann in geschlossener Formation zur anderen Inselseite hinüberzufliegen.

Sydney stellte das Teleskop tiefer, um genau beobachten zu können, wohin sich die Tiere wandten. Anfangs sah sie nichts außer einem Gewirr von bunten Farben und grünem Wald. Allmählich wurde das Bild klarer, jetzt konnte sie Einzelheiten ausmachen. Und dann sah sie es.

Dort, auf einem weit ins Meer ragenden Fels, stand ein Haus. Fast hätte sie es übersehen, so perfekt war es seiner Umgebung angepaßt. Vielleicht wäre ihr Blick achtlos über den T-förmigen Pfosten geglitten, an dem eine große Glocke hing. Aber nie hätte sie den Mann übersehen. Er stand im Smoking auf einer hölzernen Terrasse neben der Glocke, hatte den Kopf weit zurückgelegt und schaute zum Himmel hinauf.

Der Mann war Nicholas.

Und er hatte die Schwäne zu sich gerufen.

Für einen Moment wurde Sydney von einem Schwächegefühl erfaßt. Sie löste ihre Augen vom Teleskop und legte ihr Gesicht auf dessen kühlen Metallkörper.

Unfaßbar. Er hatte die Glocke geläutet, und die Schwäne, wilde Kreaturen, waren zu ihm geflogen. Und das taten sie jeden Abend!

Er hielt sie nicht in einem Käfig.

Aber er beherrschte sie.

Sie vertrauten ihm.

Sydney blickte wieder durch das Teleskop. Gerade rechtzeitig, um die Schwäne auf der Lagune vor Nicholas' Haus landen zu sehen.

Er betrachtete sie mit nachdenklicher Miene. Seine Hände steckten in den Taschen seiner Smokinghose. Er stand ganz still, ganz allein, der Tatsache, daß sie ihn beobachtete, völlig unbewußt, und doch besaß er die Fähigkeit, selbst auf diese Entfernung hin heftiges Verlangen in ihr auszulösen.

Was soll ich bloß tun? fragte sie sich verwirrt.

Wie sollte sie sich einem Mann gegenüber verhalten, dessen Seele so düster war, daß er sich von den Menschen, mit Ausnahme sehr weniger Auserwählter, fernhielt?

Wie sollte sie reagieren auf einen Mann, der so sensibel

war, daß er noch nach zehn Jahren um verlorene Freunde litt?

Welche Möglichkeiten hatte sie bei einem Mann, der so mächtig und beherrschend war, daß er eine ganze Insel für sich beanspruchte und eine Gruppe von Männern brauchte, die sein Leben schützten?

Was konnte sie tun? Sie konnte ihn lieben.

Sie konnte ihn so sehr und so lange lieben, wie er es erlaubte. Es würde eine Zeit im Himmel bedeuten, und einen Blick in die Hölle.

Und deshalb würde sie zu ihm gehen.

Sie ging, rannte fast aus dem Hotel, so daß sich die rote Seide ihres Kleides um ihre Beine bauschte. Und wie immer war Sai auch diesmal da, als sie ihn brauchte.

»Sai, ich möchte auf die andere Seite der Insel. Ich muß zu Nicholas. Können Sie mir helfen?«

Wie gewöhnlich starrten seine schwarzen Augen sie ohne jeden Ausdruck an. Aber jetzt, zum ersten Mal, sprach er. »Sind Sie sicher?«

»Ja. Absolut sicher.«

Ohne ein weiteres Wort wandte er sich ab und führte sie zu einem Parkplatz und einem Jeep mit silbergrauem Dach. »Nehmen Sie den Weg hinter dem Hotel und folgen Sie ihm.« Er zog einen Schlüsselbund heraus und reichte ihn Sydney. »Gute Fahrt, Sydney.«

Sie spürte, daß er mehr damit meinte als die kurze Fahrt über die Insel. »Danke, Sai.«

Es war noch keine Nacht, aber in den Regenwald fiel nur wenig Licht. Auf der Fahrt dachte Sydney daran, daß Nicholas kurz vor der Morgendämmerung über diesen

Weg gegangen war. Sie hatte wenigstens die Scheinwerfer des Jeeps, die die Umgebung erhellten. Er hatte nicht einmal eine Taschenlampe bei sich getragen. Er muß Katzenaugen haben, schloß sie. Aber er war es ja auch gewöhnt, im Dunkeln zu leben.

Der Geruch nach Feuchtigkeit und Moder, der den Wald beherrschte, war überwältigend. Manchmal konnte sie über das Motorengeräusch des Jeeps das Plätschern von Wasser hören und vermutete, daß sie sich in der Nähe eines Wasserfalls oder eines Bachs befand. Ab und zu fiel das Licht der Scheinwerfer auf Orchideen, die in den Bäumen hingen, und hier und da war das mekkernde Lachen eines Papageien zu vernehmen.

Dann, nicht weit vor ihr, durch eine Blätterwand hindurch, konnte sie einen Lichtschimmer sehen – ganz schwach nur, eigentlich nur ein hellerer Ton von Dunkelheit – und sie wußte, daß sie Nicholas fast erreicht hatte.

Sie ließ den Regenwald hinter sich, als der Himmel im letzten, pinkfarbenen Glanz erstrahlte. Die Lagune lag dicht vor ihr und war nun mit den Schwänen bevölkert. Sydney lenkte den Wagen um das Wasser herum und hielt am Beginn eines Pfads, der zum Haus hinaufführte.

Sie stellte die Zündung ab und lauschte. Auf dieser Seite der Insel war die Brandung sehr viel lauter. Wellen rollten ungehindert über den offenen Ozean auf die Küste zu und brachen sich erst, als sie den Strand unterhalb von Nicholas' Haus erreichten. Aber so laut die Brandung auch war, über das laute Pochen ihres Herzens konnte sie sie fast nicht hören. In ihren Ohren dröhnte das Blut.

Sie stieg aus und betrachtete ihre Umgebung – die

herrliche Lagune, die Schwäne. Dann hob sie den Kopf und schaute zur Terrasse hinauf . . . zu Nicholas.

Seine Haltung war längst nicht mehr lässig und entspannt. Er stand angespannt am Geländer, beide Arme darauf gestützt, und starrte zu ihr hinunter. Der Blick seiner dunklen Augen war eindringlich und intensiv. Dann drehte er sich abrupt um und wandte sich zur Treppe. Und Sydney ging ihm entgegen.

Überraschenderweise blieb er um Armeslänge von ihr entfernt stehen. Aber selbst aus der Entfernung spürte Sydney die Intensität seines Verlangens nach ihr und war beruhigt.

»Bist du ganz sicher?« fragte er.

»Ja.« Sie nickte scheu. »Aber du mußt mir helfen, Nicholas. Ich weiß nicht . . . ob ich mich völlig gehenlassen kann.«

Er trat zu ihr und legte zärtlich seine Hände um ihr Gesicht. »Du wirst es müssen, Sydney. Eine andere Wahl bleibt dir nicht, denn ich will nichts von dir haben, solange es nicht alles, absolut alles ist, was du zu geben hast.«

Sie begann zu zittern. Sie hatte gewußt, daß es so sein würde. Es war Angst – und Unsicherheit vor dem Unbekannten. Sich diesem mysteriösen, mächtigen Mann zu schenken, würde das riskanteste Glücksspiel ihres Lebens sein.

Aber dann blieb ihr keine Zeit mehr für Furcht, denn Nicholas hob sie auf seine Arme und begann aufs Haus zuzugehen.

Sie hatte keinen Blick für sein Haus. Dafür war später Zeit. Sie lag in seinen Armen, er trug sie, und das war alles, was sie im Moment zu wissen brauchte. Dennoch hatte sie den Eindruck, daß sie mehrere Zimmer durchquerten, bevor sie sein Schlafzimmer erreichten.

Er stellte sie auf die Füße, und sie empfand für einen Moment ein Gefühl von Dunkelheit, verbunden mit Geräumigkeit, bevor Nicholas sie hart auf die Lippen küßte.

»Bleib hier«, murmelte er. Ihr Blick folgte ihm, als er durch den Raum ging und hohe weiße Kerzen anzündete. Langsam wurde es heller, und sie konnte verschiedene Einzelheiten unterscheiden. Ein gläsernes Dach wölbte sich über ihr. Und in der Mitte des Raumes stand auf einer hohen Plattform ein Bett, umgeben von einem dünnen, weißen Moskitonetz.

Sie begann die Träger ihres Kleides abzustreifen, aber Nicholas' Stimme hielt sie auf. »Ich möchte dich ausziehen.«

Er kam zu ihr und begann dann, genau das zu tun – ganz langsam und mit unendlicher Behutsamkeit, bis das Oberteil ihres Kleids auf ihre Taille rutschte.

»Hier.« Sie zeigte es ihm. »Der Haken ist hier.« Sie war nervös, es zeigte sich an ihren brüsken Bewegungen und dem Beben in ihrer Stimme.

Nicholas hielt ihre Hände fest. »Psst! Ich habe dir doch gesagt, daß ich es selbst tun möchte.« Seine Stimme hüllte sie ein, war wie Satin auf nackter Haut, beruhigend und gleichzeitig verwirrend erotisch.

Dann war das Kleid aufgehakt und sank auf ihre Füße. Nur noch mit ihrem winzigen Slip bekleidet, streifte Sydney Schuhe und Kleid mit einer einzigen Bewegung ab.

»Du bist wunderschön.« Die Worte klangen fast wie ein Stöhnen. Nicholas ließ seinen Handrücken über ihre

Kehle gleiten und über die seidige Haut ihrer Brüste. Seine Augen folgten dem Weg, den seine Hand beschrieb. »Ich werde dir nicht wehtun«, versprach er leise.

Sydney wußte nicht, ob er seelische oder körperliche Verletzungen meinte. Aber das war auch nicht von Bedeutung. Sie war ganz sicher, daß jede einzelne Narbe, die sie von dieser Beziehung zurückbehalten würde, die Erfahrung wert war.

Lächelnd griff sie nach seiner Smokingschleife und band sie auf. »Jetzt bin ich an der Reihe, dir zu zeigen, du sollst dir keine Sorgen machen.« Sein Jackett fiel auf den Boden und gesellte sich zu ihrem Kleid. Als nächstes folgten seine Manschettenknöpfe. Aber dann hielt Sydney erst einmal inne. Sie wollte seine Haut, wollte seine Brust berühren. Leicht strich sie mit ihren Fingerspitzen darüber, dann berührte sie ihn mit ihren Lippen. Ein leises Stöhnen kam aus seinem Mund.

Nicholas hob ihr Gesicht zu sich empor. »Dir die Kunst der Liebe beizubringen, wird Geduld erfordern, Sydney, und ich bin ungeduldig. Das Warten auf dich war unerträglich lang, und wenn du so weitermachst, kann ich dir nichts versprechen.«

»Aber ich möchte dich anfassen.«

»Und ich dich. Jetzt sofort.«

Wieder hob er sie auf seine Arme, diesmal, um sie die Stufen zu seinem Bett hinaufzutragen. Er trennte das Moskitonetz und legte Sydney sanft auf das Bett. Als sie bittend die Arme nach ihm ausstreckte, sagte er: »Warte.«

Ohne Eile zog er sich aus. Im Schein der Kerzen schimmerte seine Haut wie Bronze.

»Ich will dich haben«, flüsterte sie, und er hörte es.

Er ließ sich neben ihr nieder, und dann waren sie eingehüllt in duftige weiße Gaze, und durch die Gaze schimmerten goldene Flammen, die sie zu umtanzen schienen. Es war perfekt.

Aber als Nicholas' Mund sie berührte, erstarrte sie.

Sie hatte geglaubt, bereit zu sein. Sie wußte genau, was sie wollte. Aber die Wirklichkeit, die darin bestand, nackt neben Nicholas auf dem Bett zu liegen, war fast zuviel.

»Schon gut«, flüsterte er und streichelte ihr Haar, bis es wie ein See von verschüttetem Wein um ihren Kopf lag. »Wir haben keine Eile, und wir können jederzeit aufhören. Du brauchst es nur zu sagen.«

Ihre Hand berührte sein Gesicht. »A-a-aber ich will ja gar nicht aufhören.«

»Na gut.«

Sein Atem streichelte ihre Lippen, bevor sein Mund es tat. Sie öffnete ihre Lippen im gleichen Moment, als seine Hand ihre Brust umschloß. Sie atmete scharf ein, dann spürte sie die Kraft und Wärme seines Körpers an ihrer Seite.

Er wußte, wo er sie berühren mußte. Er wußte, wie man küßte. Er wußte, wie er ihre Reaktion herausfordern konnte, und es gelang ihm sehr schnell. Als er seinen Mund von ihren Lippen lösen wollte, zog Sydney ihn entschieden zurück.

Auf einen Ellbogen gestützt, legte Nicholas eine Hand auf ihre Stirn und streichelte mit der anderen sanft ihre Brust. Während er sie reizte und erregte, beruhigte er sie.

Dann beugte er sich vor, und ließ seinen Mund über ihre Brust gleiten. Es gab keine Stelle, die nicht berührt oder geküßt worden wäre. Nicholas' Küsse waren zart wie die Berührung von Schmetterlingsflügeln, im Gegensatz zum Druck seiner Fingerspitzen, der stetig zunahm und immer fordernder wurde. Jeder Zentimeter der seidigen Haut ihrer Brüste wurde berührt und mit Küssen bedeckt – bis auf jene Stelle, die sich am meisten nach seiner Berührung sehnte. Ihre Brustspitzen.

Sydney dachte, daß er nicht viel mehr tun konnte. Er mußte als nächstes einfach ihre Brustspitzen küssen. Jetzt!

Sie hatte sich geirrt.

Er öffnete den Mund noch weiter und ließ seine Zähne über die weichen Hügel gleiten, vor und zurück, zurück und vor, bis Sydney sich ihm entgegendrängte.

»Du ballst die Hände«, murmelte er dicht an ihrer Haut.

So? Es war ihr nicht bewußt gewesen. Aber sie nahm wahr, wie er sanft ihre Finger löste und sie mit seinen verschränkte.

»Siehst du?« sagte er sanft. »Es besteht kein Grund, die Hände zu verkrampfen. Noch nicht jedenfalls.«

»N-N-Nicholas . . .«

»Psst. Es ist alles gut.«

Sie hatte keine Ahnung, was sie ihm eigentlich sagen wollte, wußte nur, daß sie auf keinen Fall stottern wollte. In Zukunft mußte sie vorsichtiger sein. Nachdenken, bevor sie sprach. Aber Nachdenken war gar nicht so einfach, als seine Lippen flüchtig ihren Mund streiften, bevor sie zu ihren Brüsten zurückkehrten.

Seine Zunge glitt über eine ihrer rosa Knospen, spielte mit ihr, neckte und reizte sie, bis Sydney glaubte, es nicht mehr ertragen zu können. Dann legte er seine

Finger um ihre steil aufgerichtete Brustspitze und massierte sie sanft. Er tat alles, außer sie in den Mund zu nehmen. Das quälende, wohlige Gefühl in ihrem Bauch wurde immer stärker. Wenn er doch endlich ihre Brust küssen würde . . .

»N-N-Nicholas . . .« Verdammt, sie hatte schon wieder gestottert. Sie mußte wirklich vorsichtiger sein.

Schließlich, endlich nahm er ihre Brustspitze zwischen die Lippen, und Sydney hätte vor Erleichterung und Entzücken beinahe aufgeschrien. Aber diesmal verhielt sie sich ganz still.

»Rede mit mir, Sydney. Sag mir, was du willst.«

Sie wollte mit ihm reden, mehr als alles andere. Sie wollte ihm alles geben. Und dennoch blieb sie stumm. Es wäre auch nicht leicht gewesen, etwas zu sagen, während er Gefühle in ihr auslöste, die sie überrollten wie eine Flutwelle, sie erregten und gleichzeitig beruhigten. Sie wußte nicht, wohin er sie als nächstes führen würde.

Indem sie stumm blieb, konnte sie diese turbulenten Emotionen ertragen, so glaubte sie zumindest. Sie konnte sich das Vergnügen gestatten, sich lieben zu lassen und gleichzeitig ihre Haltung bewahren. So war es in jedem Fall besser.

Und Nicholas wird es nicht merken, dachte sie, denn schließlich reagiere ich.

»Du hältst dich zurück«, murmelte er, während seine Finger sich um ihre andere Brustspitze schlossen.

Woher kann er das wissen? dachte sie, während sie sich ihm entgegenbog.

Seine Hand glitt ihren Magen hinunter zum Gummiband ihres Slips und darunter.

O Gott, was für Gefühle! So viele, so verschiedenartige, so überwältigende Gefühle!

»Laß dich gehen, Sydney. Hab Vertrauen zu mir. Entspann dich.«

Er konnte nicht ahnen, wie gern sie sich hätte gehenlassen. Wirklich. Aber sie wollte nicht mehr stottern. Nicht beim ersten Mal, wenn sie mit Nicholas schlief.

»Sag etwas«, flüsterte er, während er ihr den Slip abstreifte. Seine Finger tasteten sich vor, immer tiefer, bis sie das weiche, seidige Haar berührten, das ihre intimste Stelle bedeckte, wo die Hitze am größten war. »Gefällt es dir?«

Sie bog den Rücken durch. »Oh . . . ja!«

»Gut. Sehr gut. Und das?« Jetzt preßte er seinen Finger auf jene Stelle, die am meisten nach seiner Berührung verlangte. Sydney war fassungslos über die Gefühle, die diese simple Berührung in ihr auslöste.

Sie seufzte tief auf.

»Und das wird dir auch gefallen.« Sein Finger begann langsame Kreise zu beschreiben.

Mit seinen Liebkosungen löste Nicholas schwindelerregende Lustgefühle in Sydney aus, und sie drängte sich ihm unwillkürlich entgegen, als ihr Verlangen sich ins Unerträgliche steigerte.

Dann spürte sie seine Hand an ihrer empfindsamsten Stelle, während sein Mund gleichzeitig zart eine ihrer Brustspitzen umschloß. Mit der anderen Hand streichelte er sanft ihre Stirn. Sydney hielt den Atem an. Jeder vernünftige Gedanke war ausgeschaltet; sie konnte nur noch fühlen und reagieren.

»Du wirst es tun, Sydney. Du wirst dich mir ganz

schenken, und wenn das geschieht, wird sich eine völlig neue Welt für dich eröffnen. Und ich werde da sein und dich Dinge fühlen lassen, die du nie für möglich gehalten hättest; dich an Orte entführen, von deren Existenz du nie etwas geahnt hast; und Dinge mit dir tun, von denen du bisher nur träumen konntest.«

Ein leichter Druck hier, eine sanfte Berührung seines Fingers dort. Ein zarter Biß in weiche Haut, ein süßer Schmerz, ein hungriger Kuß. Sydney glaubte, den Verstand zu verlieren. Die Beherrschung hatte sie schon lange verloren. Was sie plötzlich nicht mehr im geringsten störte.

Es störte sie nicht, weil sie lichterloh brannte und ein Gefühl, das sie noch nie in seiner ganzen Kraft erlebt hatte, Macht über sie gewonnen hatte – wilde, hemmungslose Leidenschaft.

Es war fast Erleichterung, was sie empfand, als sie Nicholas endlich in sich eindringen fühlte. Aber die Erleichterung hielt nicht lange an, denn nun begann er sich zu bewegen, mit kräftigen, entschlossenen Stößen. Sie klammerte sich an ihn und schrie auf, aber er hielt nicht inne. Er war es, der jetzt die Kontrolle ausübte, sie mit seinen heftigen, intensiven Bewegungen immer weiter in einen Zustand der Ekstase trieb, bis . . .

»*Nicholas*!«

. . . sie zusammen flogen wie die schwarzen Schwäne.

8

»Du warst noch Jungfrau.«

Es war keine Frage, deshalb erwiderte sie nichts.

»Noch nie hat mir jemand völlige Unschuld geschenkt. Mach die Augen auf, Sydney, und sag mir, warum du deine Unschuld für mich aufgegeben hast.«

Seine Stimme klang besorgt, und als sie die Augen öffnete, sah sie, daß er die Stirn runzelte. Nach meiner Antwort, dachte sie, wird er noch viel besorgter sein.

»Weil ich dich liebe, Nicholas.«

»Ich habe dir gesagt, daß ich nicht . . .«

». . . lieben kann.« Es ist die Antwort eines Mannes, der sein Herz verschlossen hat, dachte Sydney traurig. »Ich weiß. Aber meiner beschränkten Erfahrung nach ist es gar nicht wichtig, ob Liebe erwidert wird. Man liebt den anderen trotzdem.«

»Sydney . . .«

Sie legte die Hand an seine Wange. »Als ich zu dir kam, wußte ich genau, was ich tat. Ich liebte dich, begehrte dich und vertraute dir. Bisher hast du nichts getan, um diese Gefühle zu enttäuschen.«

»Und wenn ich es tue?«

Seine Stimme klang härter, und sie spürte, wie ein kalter Schauer über ihren Rücken lief. Sie wollte den Mann zurückhaben, der ihr so geduldig die Kunst des Liebens gezeigt und sie danach, als sie vor Freude und Erleichterung weinte, in den Armen gehalten hatte. »Dann werde ich sehen müssen, wie ich damit fertigwerde. Aber bis dahin fände ich es schön, noch einmal mit dir zu schlafen.«

Obwohl er sich über sie beugte, machte er keine Anstalten, ihren Wunsch zu erfüllen.

»Was ist, Nicholas? Hast du mir schon alles gezeigt, was du kannst?«

Ihre unschuldige Frage veranlaßte ihn zum Handeln. Nicholas verbrachte die ganze Nacht damit, sie in weiteren Liebeskünsten zu unterweisen, und bevor der Morgen graute, war es Sydney, die ihm etwas zeigte.

Das Licht fiel bereits schwach durch die Glaskuppel des Schlafzimmers, als Nicholas murmelte: »Du mußt müde sein.« Er streckte die Hand aus und betätigte am Nachttisch zwei Schalter. Automatisch glitten schwarze Jalousien über die Glaskuppel, und schwere Vorhänge schoben sich vor die Fenster. »Bleib hier und schlaf bei mir.«

Sydney schmiegte sich an ihn und spürte, wie er sie fester in die Arme zog. Dann schlief sie ein.

Für Nicholas war es nicht so einfach. Er lag lange wach, lauschte auf das Rauschen der Brandung und stellte sich Fragen, die schwer zu beantworten waren. Er war Sydney gegenüber ganz offen gewesen. Er hatte ihr mehr von sich erzählt, als irgendeinem anderen Menschen, und er hatte ihr sogar gestanden, daß er sich für unfähig hielt zu lieben. Trotz allem war sie zu ihm gekommen. Und nun lag sie in seinen Armen und schlief friedlich und vertrauensvoll. Warum störte ihn das? Warum fand er keinen Schlaf?

Und weshalb machte er sich Sorgen? Sydney in sein Bett zu bekommen, war schließlich das, was er gewollt hatte, oder? Die letzten Stunden waren ganz außergewöhnlich für ihn gewesen. Noch nie hatte er eine ähnliche Befriedigung, eine derartige Ekstase gekannt. *Warum reichte ihm das nicht*?

Bevor Nicholas erwachte und es von neuem Nacht wurde, stand Sydney auf und fuhr zum Hotel zurück. Es war ungefähr die Zeit, in der die Gäste sich zum Essen umkleideten, daher kam sie sich in ihrem roten Seidenkleid nicht allzu deplaziert vor. Aber wie das Pech es wollte, waren Mike, Julian und Sai auf der Terrasse, als sie zum Hotel zurückkam.

»Guten Abend, Gentlemen.«

Julian und Sai nickten. Mike grinste. »Ein schönes Kleid, Sydney. Das dachte ich gestern abend schon, als ich Sie darin sah.«

Sydney ließ sich nicht auf seine Neckereien ein. »Das freut mich, aber ich ziehe mich jetzt trotzdem um.«

»Sydney, warten Sie.« Mike lief ihr nach. Er war ganz plötzlich ernst geworden.

Sie blieb stehen. »Was ist?«

»Ich wollte Ihnen nur sagen, daß es mir leid tut. Ich hatte kein Recht, Sie dermaßen anzufahren.« Er fuhr sich verlegen mit der Hand durchs Haar. »Ich war wütend auf mich selbst, weil ich zugelassen hatte, daß Nicholas die Insel verließ, aber ich hatte deshalb noch lange kein Recht, meine Wut an Ihnen auszulassen.«

»Sie wußten gar nicht, daß er weggefahren war?«

»Nein. Ich merkte es erst, als er schon fort war. Nicholas braucht niemandem Rechenschaft abzulegen, nicht einmal mir, aber in diesem Fall hätte seine Handlungsweise fatale Folgen für ihn haben können.«

Sydney lief es so kalt über den Rücken, als hätte jemand einen Eiswürfel in ihr Kleid gesteckt. »Es fällt mir schwer, mir vorzustellen, daß ihm jemand etwas antun will.«

»Nicholas hat viele Feinde, Sydney. Er ist ein Mann, der Furcht bei den Menschen erzeugt, auch Haß und Respekt, und alles in gleichem Maße.«

»Aber keine Liebe?« fragte sie leise.

»Er will keine Liebe.«

Sie strich ihr Haar aus dem Gesicht. »Ich weiß. Aber das ist nicht wichtig, oder? Sie lieben ihn, und ich liebe ihn auch. Wir sehen uns später, Mike.«

In ihrem Zimmer legte sie heraus, was sie an diesem Abend tragen wollte. Dann zog sie das rote Seidenkleid aus und ging ins Badezimmer. Sie fühlte sich phantastisch, als sie unter der Dusche stand, als das heiße Wasser prickelnd über ihren Körper rauschte. Sie war ausgeruht und freute sich auf den Abend, an dem sie von neuem Black Jack spielen wollte.

Als sie etwas später ins Schlafzimmer zurückkam, sah sie das Lämpchen an ihrem Telefon aufglühen, was bedeutete, daß jemand angerufen hatte, während sie unter der Dusche war. Ihr Puls klopfte automatisch schneller, weil sie vermutete, daß es Nicholas gewesen war. Aber als sie sich an der Rezeption erkundigte, erfuhr sie, daß ein Mann namens Dennis Billet angerufen hatte. Die Nachricht war ganz simpel. Manda brauchte sie, und Dennis würde sie morgen am Flughafen von Brisbane abholen.

Sydney legte den Hörer auf und setzte sich aufs Bett. Sie war Dennis nie begegnet, aber Manda hatte ihr von ihm erzählt. Warum hatte Manda sich nicht persönlich mit ihr in Verbindung gesetzt? War sie krank oder verletzt? Vielleicht ist es besser, wenn ich schon heute abend abreise, dachte Sydney besorgt und stand auf, um zu packen. Aber dann überlegte sie es sich anders. Dennis war Mandas Freund. Wäre Manda in ernsthaften Schwierigkeiten gewesen, hätte er dafür gesorgt, daß sie sich schon heute abend trafen.

Sie schaute auf die Uhr. Ihr blieb genug Zeit zu packen, sich anzuziehen und hinunterzugehen, um ein paar Stunden Black Jack zu spielen, bevor Nicholas kam.

Sie spielte vier Stunden lang und gewann fast die ganze Zeit. Wunderbar, dachte sie. Ihre Gewinne nahmen rapide zu. Zwar lag ihr Ziel noch in weiter Ferne, doch sie war ganz sicher, es rechtzeitig zu erreichen, um ihrem Vater zu helfen und Nicholas sein Geld zurückzugeben. An diesem Entschluß hatte auch die vergangene Nacht nichts ändern können. Keine Schulden sollten zwischen ihnen stehen.

Widerstrebend stand sie vom Tisch auf. Sie hätte gern noch etwas länger gespielt, aber sie mußte Nicholas sehen. Sie konnte die Insel nicht verlassen, ohne ihn davon zu unterrichten. Diesmal nicht.

Sie machte sich auf den Weg zu seiner Suite, blieb nur ab und zu stehen, um mit Leuten zu reden, die sie inzwischen kennengelernt hatte. Vor Wochen hätte sie gelacht, falls ihr jemand gesagt hätte, daß sie sich einmal derart ungezwungen und zuversichtlich durch Charrons Glaspalast bewegen würde. Und sie hätte jeden, der ihr prophezeit hätte, sie würde die Geliebte des mysteriösen

Inselbesitzers werden, als kompletten Idioten bezeichnet.

Aber jetzt *bist* du seine Geliebte, dachte sie. Und gleich würde sie ihn wiedersehen.

Er saß auf der Couch im Wohnzimmer seiner Suite und blätterte in einem Bericht. Es war dieselbe Couch, auf der sie in jener ersten Nacht, in der er nach ihr geschickt hatte, gesessen hatte. Er stand auf, als er sie sah.

Es gelang ihr nicht, die Verlegenheit zu überspielen, die sich in ihrer Stimme verriet. »Hi. Störe ich dich?«

Er breitete die Arme aus, und sie schmiegte sich hinein. »Du darfst mich immer stören.«

Sie hatte nie gedacht, wie schön es sein konnte, von einem Mann umarmt zu werden. Sie spürte Nicholas' Kraft, fühlte seine Zuneigung und sein Verlangen nach ihr. Als sie den Kopf hob, um ihn anzusehen und ihm irgendwie zu zeigen, was sie empfand, küßte er sie. Sie erwiderte seinen Kuß mit rückhaltloser Leidenschaft; die Zeit, wo sie irgend etwas vor diesem Mann zurückgehalten hatte, war vorbei.

»Warum hast du mich nicht geweckt, bevor du gingst?« fragte er, ohne sie aus seinen Armen zu lassen.

Sydney hob die Hand und wischte eine Spur von Lippenstift von seinem Mund. »Es hätte mir zu leid getan. Du hast so friedlich geschlafen und du hast gelächelt, als hättest du einen wunderschönen Traum gehabt.«

»Wenn es so war, dann kann ich nur von dir geträumt haben.«

Während sie ihn anschaute, wurde ihr Blick ernst. »Es war wunderschön gestern nacht, Nicholas. Danke.«

Er runzelte die Stirn. »Du brauchst mir nicht zu danken.«

»O doch. Ich habe heute abend nicht ein einziges Mal gestottert. Ich konnte sogar schnell sprechen, ohne vorher lange nachdenken zu müssen.«

Langsam entspannte sich sein Gesicht. »Das ist wunderbar. Komm, setz dich zu mir.«

»Warte.« Sie löste sich aus seinen Armen und verschränkte die Hände. Sie fürchtete sich vor dem, was jetzt kam. »Ich muß dir etwas sagen. Ich muß die Insel schon wieder verlassen, Nicholas.«

Jeder Muskel in seinem Körper war angespannt, aber seine Stimme blieb ganz sanft. »Du bleibst.«

»Ich muß, Nicholas, und ich möchte, daß du es verstehst.«

»Spar dir deinen Atem, Sydney. Ich lasse dich nicht fort.«

Nun wurde sie wütend. »Ich werde gehen, und wenn ich zum Festland hinüberschwimmen muß!«

Er starrte sie einen Moment an. Das Flackern seiner dunklen Augen verriet seinen Ärger. Dann griff er nach seinen Zigaretten, und erst, als er sich eine angezündet hatte, sprach er wieder. »Bist du eine gute Schwimmerin?«

Seine Frage besänftigte ihren Zorn. »Könntest du dich bitte hinsetzen? Ich möchte es dir gern erklären.«

»Hast du endlich vor, mir zu erklären, warum du dir solche Mühe gibst, eine halbe Million Dollar zu gewinnen?«

Sydney nickte. »Ich werde dir alles erzählen.«

»Dann setze ich mich.«

Ihr Wunsch, ihm verständlich zu machen, was sie ihm

zu sagen hatte, war größer als ihr Sinn für das Humorvolle der Situation. Sie wartete, bis er sich gesetzt hatte, blieb jedoch selbst stehen.

Er zog eine Braue hoch. »Nun? Ich schlage vor, du fängst mit dem Mann an, für den du das Geld gewinnen willst.«

»Das ist ganz einfach. Es ist mein Vater.«

»*Dein Vater*?«

»Hör mir bitte zu, Nicholas. Mein Vater ist ein wunderbarer, hart arbeitender Mann. Vor Jahren und aus Gründen, die im Moment ohne Bedeutung sind, sah er sich gezwungen, einen Großteil unserer Farm zu verkaufen. Seitdem ist er wie besessen von der Idee, das Land zurückzukaufen. Erst kürzlich wurde ihm die Gelegenheit geboten, es für eine Million fünfhunderttausend Dollar zu erwerben. Manda, Addie und ich haben ein Abkommen getroffen. Wir wollen dieses Geld aufbringen. Unser Problem ist nur, daß wir bloß zwei Monate hatten, es zu schaffen, und diese Zeit ist fast abgelaufen.«

Nicholas pfiff leise durch die Zähne. »Ich könnte mir vorstellen, daß eine von euch ein Drittel dieses Geldes aufbringt, vielleicht sogar zwei von euch. Aber es ist ziemlich unwahrscheinlich, daß es allen dreien gelingt. Ich sage es nicht gern, Sydney, aber ich halte es für unmöglich.«

Sie lächelte. »Unmöglich ist ein Wort, das wir Delaneys nicht akzeptieren.«

»Offensichtlich nicht.« Er schüttelte verwundert den Kopf und zog an seiner Zigarette. Dann schaute er auf. »Laß mich dir das Geld geben.«

»Nein! Das kommt nicht in Frage. Entweder bringe ich

es gemeinsam mit meinen Schwestern auf, oder gar nicht.«

Seine Augen wurden schmal. »So wichtig ist es für dich?«

»Ja.«

»Gut«, sagte er behutsam. »Ich verstehe. Was ich nicht verstehe, ist, warum du abreisen mußt.«

»Vor ein paar Stunden erhielt ich eine Nachricht von einem alten Freund von Manda. Sie ließ mir ausrichten, daß sie mich braucht.«

Er stand auf. »Dann begleite ich dich.«

»Nein! Mike hat mir eindeutig zu verstehen gegeben, daß du auf keinen Fall die Insel verlassen darfst.«

»Mike ist mein Angestellter, Sydney.«

»Er ist dein Freund, und du solltest auf ihn hören. Außerdem ist es möglich, daß wir die Situation noch mehr verwirren, wenn du mit mir bei Manda auftauchst.«

Er beugte sich vor, um seine Zigarette auszudrücken. »Was soll denn das schon wieder heißen?«

»Du kannst nicht wissen, mit welchen Problemen Manda sich gerade auseinandersetzt. Ich weiß es selbst nicht genau. Aber eins ist mir klar – wir können nicht zu zweit bei ihr erscheinen. Wir dürfen keinen Verdacht erregen, Manda zuliebe, und auch Addie zuliebe. Das ist der Grund für diese ganze Heimlichtuerei gewesen.«

Nicholas ging zu Sydney und packte sie an den Armen. »Ich will nicht, daß du wegfährst, verdammt!«

»Ich muß es aber. Allerdings hoffe ich, daß es nicht für lange sein wird.«

»Na gut«, murmelte er. »Wenn es unbedingt sein muß. Aber bleib wenigstens diese Nacht bei mir.«

Und damit senkte er den Kopf und begann einen Kuß, der nicht vor Sonnenaufgang enden sollte.

Es war eine mondlose Nacht, zwei Uhr morgens. Das einzige Geräusch, das auf der wilderen Seite der Insel zu hören war, war das Rauschen der Brandung. Nicholas kauerte unter einem Baum, dessen tiefhängende Zweige und breite Blätter einen natürlichen Schutz boten. Über den Revolver in seiner Hand machte er sich kaum Gedanken. Er war für ihn nichts als eine natürliche Verlängerung von Arm und Hand. Zehn Jahre eines relativ zivilisierten Lebens hatten nichts daran geändert.

Auch dem unbeweglich daliegenden Körper des bewußtlosen Mannes vor ihm schenkte er keine große Aufmerksamkeit. Er hatte ihm einen so kräftigen Schlag versetzt, daß er für mindestens zehn Minuten außer Gefecht war. Und mehr Zeit brauchte er nicht.

Der andere Mann, den Nicholas im Moment beobachtete, kroch weiter und kam Nicholas' Versteck immer näher. Diesen Mann würde er nicht bewußtlos schlagen. Er sollte wach und imstande bleiben, gewisse Fragen zu beantworten. Nicholas' Blick folgte ihm. Ohne es zu ahnen, machte der Mann es ihm unglaublich leicht, ihn niederzuschlagen, und in Gedanken feuerte Nicholas ihn an, weiterzukriechen. Der Mann hatte sich bis auf ein paar Meter genähert . . . *Jetzt*!

Nicholas setzte zum Sprung an, warf den Mann zu Boden, und während er ihn niederdrückte, hielt er ihm den Lauf seines Revolvers an die Kehle.

»Wo ist Mandarin?« Nicholas hätte auch mit einem seiner Hotelgäste sprechen können, so ruhig und gelassen klang seine Stimme.

»Ich . . . ich weiß es nicht genau.«

Nicholas verstärkte den Druck des Revolverlaufs. »Denk nach. Ich bin sicher, es wird dir wieder einfallen.«

Im gleichen Augenblick klangen Schüsse in der Entfernung auf. Der Mann versteifte sich.

»Ruhig, ganz ruhig«, sagte Nicholas besänftigend. »So wie ich es sehe, hast du eine Chance eins zu eins, daß Mandarin und ihre Männer die Schießerei am Strand gewinnen. In diesem Fall brauchst du dir wirklich keine Sorgen zu machen.« Das tödliche Klicken des Abzughebels des Revolvers erklang. »Oder hast du etwa doch Angst?«

»Ich . . . ich . . . ich . . .« Der Mann erstickte fast.

Nicholas zog den Revolverlauf eine Spur zurück. »Na, hast du mir nun etwas zu sagen, oder nicht?«

»Mandarin ist auf der Jacht geblieben.«

»Wie viele Männer sind an Land gegangen?«

»Zwölf, mit mir.«

»Und ihr solltet mich umbringen?«

»Nein! Nein. Wir hatten Befehl, Sie *nicht* zu töten. Wir sollten Sie entführen und zu Mandarin bringen.«

»Damit sie mich selbst töten könnte – ganz langsam, wie ich mir vorstellen kann. Wie rachsüchtig von der Dame!«

»Nick! Nick, wo bist du?«

Nicholas befestigte die Sicherheitsvorrichtung am Abzugshahn und richtete sich auf. »Hier, Mike.«

Mike kam mit Julian und Sai auf ihn zugerannt. »Gott sei Dank ist dir nichts passiert!« Er warf einen Blick auf die beiden Männer am Boden. »Schwierigkeiten?«

»Nein. Wie war es bei euch?«

»Alles in Ordnung. Keine Toten, obwohl zwei von Mandarins Männern verletzt sind. Wir haben sie unten am Strand. Ich vermute, daß etwa sieben oder acht Männer mit den beiden Schnellbooten entkommen sind, mit denen sie auch auf die Insel kamen.«

»Steh auf«, befahl Nicholas dem Mann, der nicht bewußtlos war. »Ihr geht zu eurem Boß zurück.«

»Willst du sie etwa laufen lassen?« fragte Mike.

»Sie nützen mir nichts. Mandarin würde nichts für ihren Austausch geben. Das weißt du. Außerdem möchte ich, daß sie eine Nachricht für mich überbringen.«

Fünfzehn Minuten später waren die drei Männer in ein Boot verladen. Julian bewachte den Mann, der Nicholas Informationen gegeben hatte. Nicholas ging zu ihm hinüber. »Sag Mandarin, daß sie heute in fünf Tagen die Nachmittagsfähre nehmen soll, falls sie eine persönliche Begegnung mit mir wünscht. Und daß sie allein kommen soll.«

»Dann wäre sie ja verrückt!« antwortete der Mann.

Ein schmales Lächeln spielte um Nicholas' Lippen. »Dir scheint nicht bewußt zu sein, wie stark ihr Wunsch ist, mich zu töten. Sag ihr, ich hätte eine Suite für sie reserviert. Und daß ich mich auf unser Wiedersehen freue.« Er nickte Julian zu. »Laß ihn gehen.«

Nicholas schaute dem Boot nach, das aufs offene Meer hinausschoß. Mike stand neben ihm, mit gespreizten Beinen, die Hände tief in den Hosentaschen vergraben. »Bist du sicher, daß das richtig war? Mandarin hierher einzuladen?«

»Ganz sicher.« Nicholas zündete sich eine Zigarette

an. »Heute nacht haben wir Glück gehabt, Mike. Jemand hätte ernsthaft verletzt oder getötet werden können – einer der Hotelgäste . . . oder Sydney.«

Mike machte ein entsetztes Gesicht. »An Sydney hatte ich nicht gedacht! Gut, daß sie heute morgen abgereist ist. Sonst wäre sie bei dir gewesen.«

Ohne die Augen von der schwarzen See zu nehmen, sagte Nicholas: »Genau. Sie wäre bei mir gewesen, wenn sie auf der Insel geblieben wäre.«

Sydney traf spät am nächsten Abend auf der Insel ein. Mike stand wartend am Hafen, als die Fähre anlegte.

»Mike, das ist aber eine freudige Überraschung!«

Er küßte sie auf die Wange. »Ich habe über Funk erfahren, wann Sie zurückkamen.«

»Wo ist Nicholas?«

»Er wartet in seinem Haus auf Sie. Er hat mir strikte Anweisungen gegeben, sie sofort zu ihm zu bringen.«

Eine angenehme Erregung bemächtigte sich ihrer. Eigentlich hatte sie gehofft, daß Nicholas selbst am Hafen sein würde. Sie war zwei Tage fort gewesen und hatte ihn wahnsinnig vermißt, und es war zuerst eine Enttäuschung gewesen, Mike statt seiner am Hafen zu sehen. Jetzt allerdings wußte sie, daß Nicholas sie genauso dringend sehen wollte wie sie ihn. »Was mache ich mit meiner Reisetasche?«

»Kein Problem, ich kümmere mich darum. Auf dem Parkplatz steht ein Jeep für dich.«

Im Regenwald war kein schnelles Fahren möglich, und Sydney hatte das Gefühl, eine kleine Ewigkeit für den Weg zu Nicholas' Haus zu brauchen. Aber dann hörte der Dschungel endlich auf. Die schwarzen Schwäne hatten sich bereits für die Nacht auf der Lagune niedergelassen, und die Lichter von Nicholas' Haus waren deutlich zu erkennen.

Sydney eilte die Treppe hinauf und betrat den ersten großen Raum. Wie immer, wenn sie ein Zimmer betrat, nahm sie alles in sich auf wie ein einziges großes Foto, und das Bild, das dieser spezielle Raum bot, war atemberaubend schön.

Wie alles andere, was Nicholas umgab, hatte auch dieser Raum etwas Düsteres, Mysteriöses an sich – aber er vermittelte auch ein erstaunlich beruhigendes Gefühl. Mit Blättern bedruckte Thai-Seide bedeckte die Wände. Chinesische Porzellanteller aus dem fünfzehnten Jahrhundert und seltene antike Jadestücke gaben dem Raum Farbe. Cremefarbene Wildledersofas hellten ihn auf. Ein riesiger, quadratischer Tisch aus violettem Onyx beherrschte die Zimmermitte. Eine mit Halbedelsteinen besetzte Bronzevase mit einem Strauß weißer Orchideen war der einzige Schmuck auf diesem Tisch.

Ein antiker Tiger aus Kupfer bewachte eine Ecke des Raumes, ein großer Elefant aus Gold und Bronze eine andere. Den Kaminsims zierte die Statue eines Reiters auf seinem Pferd. Sie war aus Porzellan und in den drei Farben gebrannt, die so typisch waren für die frühe Tang-Dynastie. Viele andere asiatische Kunstgegenstände waren hier und dort im Zimmer verteilt.

Nicholas hat vielleicht Kunst aus China herausgeschmuggelt, dachte Sydney, und sie an private Sammler verkauft, um ein Vermögen zu machen, aber sein Haus war der eindeutige Beweis dafür, daß er sich längst nicht von allem hatte trennen können.

Sie brauchte weniger als eine Minute, um den ganzen Raum als einheitliches Bild in sich aufzunehmen. Die Abwesenheit von Nicholas merkte sie sofort.

Aber da kam er herein. Er trug eine weiße Sportjacke und schwarze Hosen aus Rohseide, zu denen ein passendes Hemd gehörte. Sie lief zu ihm hinüber, in der Absicht, ihn stürmisch zu umarmen. »Nicholas! Ich habe dich so vermißt . . .«

»Du bist also zurückgekommen?«

Sein Ton, seine steife Haltung – irgend etwas war nicht in Ordnung! Aus einem Instinkt heraus blieb sie ein paar Schritte von ihm entfernt stehen. »Natürlich bin ich zurückgekommen. Dachtest du etwa, ich käme nicht?«

Er ging zu einem schmalen Tisch an der Wand und schenkte sich einen Drink ein. Merkwürdig, dachte Sydney. Ausgenommen beim Essen, wo er Wein trank, hatte sie ihn nie Alkohol trinken sehen.

Er trank einen großen Schluck. »Du bist schwer zu durchschauen, Sydney. Ich wußte es wirklich nicht. Aber wie dem auch sei, mir wäre lieber, wenn du dahin zurückgehen würdest, wo du hergekommen bist.«

»Ich verstehe dich nicht«, sagte sie betroffen.

»Ganz einfach. Es ist vorbei.« Aus der Innentasche seines Jacketts zog er einen Scheck. »Er ist auf deinen Namen ausgestellt und über die Summe, die du brauchst.«

»I-i-ich kann das nicht annehmen!«

Etwas wie Schmerz huschte über sein Gesicht, aber es war so schnell vorbei, daß Sydney glaubte, es sich nur eingebildet zu haben.

»Du hättest es sowieso gewonnen, Sydney. Es vereinfacht die Dinge nur.«

»Aber wir haben uns geliebt . . .«

»Wir hatten *Sex* miteinander, Sydney. Oder glaubst du etwa, du wärst die erste Frau, mit der ich ins Bett gegangen bin?«

»Nein . . . nein.« Sie fuhr sich verwirrt mit der Hand durchs Haar. All das ergab überhaupt keinen Sinn. Der Mann, der so kühl vor ihr stand, war ein ganz anderer Mensch als jener, den sie vor zwei Tagen noch erlebt hatte. Vielleicht war es der Delaneysche Stolz – oder die Delaneysche Sturheit – was sie daran hinderte, ihm abzunehmen, was er ihr erzählen wollte.

Er leerte das Glas auf einen Zug und schenkte sich einen zweiten Drink ein. »Ich war ganz ehrlich zu dir, Sydney. Ich habe dir nie etwas versprochen.«

»Und ich habe dich um nichts gebeten.«

»Das stimmt«, gab er zu. »Wir hatten eine schöne Zeit miteinander, aber . . .«

»Eine schöne Zeit?« Tränen stiegen ihr in die Augen. Sie blinzelte sie hastig fort, doch das Zittern in ihrer Stimme konnte sie nicht beherrschen. »Mehr war es nicht für dich? Eine schöne Zeit?«

Er wandte sich ab, als wollte er sie nicht mehr sehen. Oder als brächte er es nicht über sich, dachte Sydney. War es möglich, daß er etwas vor ihr zu verbergen suchte?

»Es tut mir leid, Sydney.«

Seine Entschuldigung verwirrte sie noch mehr. »Du hast mir einmal gesagt, du würdest dich nie entschuldigen. Wie kommt es, daß sich das geändert hat?«

»Es hat sich nichts geändert. Akzeptiere ganz einfach, daß es mir diesmal vielleicht wirklich leid tut.«

»Nein! Das akzeptiere ich nicht! Ich akzeptiere überhaupt nichts von all diesem Unsinn!« Sie ging zu ihm und zwang ihn, sie anzusehen. »Jetzt sag mir, was passiert ist, nachdem ich fort war.«

Es zuckte um seine Lippen; fast hätte er gelächelt. Auf jeden Fall war es eine ganz neue Emotion, die sich in seinem Blick verriet. »Wann bist du so stark geworden, Sydney?«

»Ich mußte es mein ganzes Leben sein. Es erfordert viel Kraft, einen Sprachfehler zu beherrschen.«

»Und es erfordert sehr viel Kraft, die Beherrschung über deine Gefühle aufzugeben, mit der du jahrelang dein Stottern kontrolliert hast«, murmelte er, auf sie herabsehend.

Er dachte an die Nacht, in der sie sich geliebt hatten, das merkte Sydney, und fast hätte sie vor Freude gelacht. Endlich gelang es ihr, zu ihm vorzudringen! »Nicholas«, bat sie leise, »nenn mir bitte den wahren Grund, warum du mich überreden willst, die Insel zu verlassen.« Sie schlang ihre Arme um ihn und zog ihn an sich. »Ich weiß, daß es einen anderen Grund geben muß . . .«

Sydney erstarrte. Unter seinem Jackenärmel war ein harter Gegenstand zu spüren. Und obwohl sie noch nie eine Pistole ertastet hatte, war ihr sofort klar, daß es eine Waffe war, die Nicholas an einem Schulterhalfter trug. Sie wich zurück und schaute ihn betroffen an.

Er atmete tief aus. »Wie konnte ich bloß glauben, es auf diese Weise zu erreichen? Ich hätte es mir gleich denken sollen. Du hast dich in jeder Hinsicht als Ausnahme erwiesen, warst in allem ganz anders als die Frauen, die ich bisher kannte.«

»Soll das ein Kompliment sein?« fragte sie betont

ruhig, aber sie konnte das Unbehagen, das sie überfallen hatte, nicht ganz abschütteln.

»Betrachte es als Beschwerde.« Er grinste und nahm sich eine Zigarette aus einer Dose aus Perlmutt. Dann zündete er sie gemächlich an.

»Gut, und jetzt sag mir endlich, was vorgefallen ist.«

Nicholas begab sich auf eine langsame Wanderung durch den Raum. Er hielt den Kopf gesenkt und zog nur ab und zu an seiner Zigarette. »Na gut, Sydney«, meinte er schließlich. »Du sollst deinen Willen haben, beruhige dich.«

»Gut.«

Während sie sich auf die Couch setzte, streifte er sein Jackett und das Schulterhalfter ab. Vorsichtig legte er beides auf den Tisch, dann kam er zu ihr hinüber. Sydney wartete angstvoll auf seinen Bericht. Ihr war eiskalt ums Herz. Irgendwie ahnte sie, daß der Mann, den sie liebte, in tödlicher Gefahr war.

»Während du fort warst, überfielen Mandarins Männer die Insel.«

Sydney musterte ihn rasch von Kopf bis Fuß. »Bist du verletzt? Ist jemand verletzt worden?«

»Zwei ihrer Männer wurden verwundet.«

»Aber du?«

Er lächelte, legte ihr den Arm um die Schultern und zog sie an sich. »Mir ist nichts geschehen, aber das Problem ist, daß Mandarin nicht aufgeben wird. Da es mir bewußt ist, habe ich ihr ausrichten lassen, sie möge zu einem Gespräch auf die Insel kommen.«

»Nicholas, das ist bestimmt wahnsinnig gefährlich!«

»Nicht gefährlicher, als darauf zu warten, daß sie zuschlägt – ohne zu wissen, wann.«

»Glaubst du, sie kommt?«

»O ja. Sie wird kommen. Ich erwarte sie in vier Tagen. Deshalb möchte ich, daß du wieder abreist.«

»Ich denke gar nicht daran.«

Er hob ihr Gesicht zu sich empor. »Hör mir zu, Sydney. Ich weiß nicht, was passieren wird, wenn sie hier ist. Was mich selbst betrifft, werde ich mit der Lage schon fertig, aber ich möchte nicht auch noch dich in der Schußlinie haben.«

»Ich lasse dich nicht allein. Außerdem hatten wir ein Abkommen getroffen. Ich werde das Geld gewinnen, weil ich nicht die Absicht habe, für dich zu arbeiten.« Sie wiederholte: »Ich lasse dich nicht allein, Nicholas.«

Es war schwer zu sagen bei einem Mann wie ihm, aber Sydney hatte das Gefühl, daß Nicholas gerührt war. Er streichelte zärtlich ihre Wange. »Sydney . . . versteh bitte, daß ich dir nichts versprechen kann. Ich kann dir nichts anbieten. Ein bedeutender Teil meines Lebens ist noch ungeklärt. Und deshalb muß ich mit der Gefahr leben, vielleicht sogar mit dem Tod. Bis das alles gelöst ist, auf die eine oder andere Art, werde ich nicht frei sein, um mich mit der Zukunft auseinandersetzen zu können. Vielleicht nicht einmal danach.«

»Ich verstehe schon. Aber jetzt versuch du bitte, mich zu verstehen. Wir Delaneyfrauen sind zäh. Wenn wir lieben, lieben wir richtig. Es ist möglich, daß ich dich eines Tages verlassen werde, aber nicht heute, Nicholas, oder morgen, und übermorgen auch nicht. Es wird an dem Tag geschehen, an dem ich einsehe, daß du mich wirklich nicht bei dir haben willst und daß keine Chance besteht, daß du meine Liebe je erwiderst.«

Ihre Worte trafen ihn mit solcher Macht, daß ihm der

Atem stockte und er völlig aus der Fassung geriet. Sie schenkte ihm ihre Liebe ohne jegliche Zurückhaltung, öffnete ihre Seele vor ihm, ohne es auch nur eine Sekunde zu bereuen. All das war für ihn sehr schwer zu verstehen. Er war überwältigt. »Sydney . . .«

In ihren Ohren klang es geradezu hilflos. Sie legte ihm einen Finger an die Lippen. »Psst. Sag nichts mehr. Liebe mich nur. Du hast mir mehr gefehlt, als ich dir beschreiben könnte.«

Er nahm sie in die Arme, weil es ihm nicht schwerfiel, ihren Wunsch zu erfüllen . . . und weil ihm gar nichts anderes übrigblieb.

9

Nicholas stützte sich auf einen Ellbogen und ließ seinen Blick besitzergreifend über die Frau an seiner Seite gleiten. Sydney schlief. Ihr langes Haar bedeckte ihr Kissen, reichte bis zu seinem, und wirkte auf den dunkelblauen Laken noch violetter als sonst. Ihre Wimpern waren so dicht und lang, daß sie Schatten auf ihre Wangenknochen warfen. Ihre Lippen, geschwollen von seinen Küssen, waren leicht geöffnet.

Behutsam zog er das Laken von ihrem Körper, um ihre bloße Haut zu betrachten, die ihn immer noch, selbst nach zahllosen Stunden intimster Erforschung, an cremigen Samt erinnerte.

Sein Blick glitt zu ihren Brüsten, die sich unter ihren Atemzügen hoben und senkten. Zu den rosigen Spitzen, die er mit soviel Begeisterung küßte und reizte, bis Sydney aufschrie und ihn anflehte, zu ihr zu kommen. Aus einem Impuls heraus beugte er sich vor und schloß seinen Mund um eine Brust. Spielerisch liebkoste er sie, bis die Brustwarze sich steil und hart aufrichtete. Sydney stöhnte im Schlaf, aber sie erwachte nicht. Nicholas beschäftigte sich mit ihrer anderen Brust, bis auch sie deutliche Zeichen der Erregung verriet.

Sydney bewegte im Schlaf die Hüften und drehte den Kopf zur Seite. Nicholas hätte sie gern in Ruhe gelassen, aber er konnte es einfach nicht. Nie im Leben war er von irgend etwas abhängig gewesen, doch nun mußte er zugeben, daß Sydney allmählich zu einer Art Sucht für ihn wurde. Es verwirrte und beunruhigte ihn, denn

Abhängigkeit war ein zwingendes Bedürfnis nach einem Menschen oder einer Sache. Die Tatsache, daß er sich nur noch komplett und erfüllt fühlte, wenn Sydney an seiner Seite war, war nicht mehr zu übersehen. Wie jetzt.

Er ließ seine Hand liebkosend über ihren Bauch gleiten, dann höher. Ihre Brüste faszinierten ihn. Seine Hand legte sich um einen der festen Hügel und drückte leise zu, während seine Lippen sich um ihre rosige Spitze schlossen. Die heiße Erregung, die dabei in ihm erwachte, löste eine erstaunliche Genugtuung in ihm aus.

Ihr Körper nährte ihn. Ihr Körper befriedigte ihn. Sydney entzückte ihn auf eine Art, die er nie für möglich gehalten hätte, und es verwirrte ihn maßlos. Wenn er in sie eindrang, war ihm plötzlich so, als hätte er noch nie mit einer anderen Frau geschlafen. Er wußte, daß er es getan hatte, aber er konnte sich nicht entsinnen, wie es gewesen war, denn Sydney löschte alles aus, was je in seinem Leben existiert hatte. Er war inzwischen so weit, daß er die Stunden, die sie am Black Jack-Tisch zubrachte, haßte, obwohl er bereit war, es zu akzeptieren.

Aber dafür kam sie jede Nacht zu seinem Haus auf der anderen Seite der Insel, und dort gehörte ihm ihre ganze Aufmerksamkeit. In seinem Bett, unter den Sternen, die durch die Glaskuppel auf das Bett herabschienen, wurde sie zu seiner Sirene, seiner ungezähmten Tigerin, und erwiderte seine Liebkosungen mit einer tiefen Leidenschaft, die er von Anfang an bei ihr vermutet hatte. Und wie er sie dafür liebte!

Selbst im Schlaf besaß sie die Macht, ihn zu erregen. Unbewußt verstärkte er den Druck seiner Lippen. Seine eigene Erregung begann unerträglich zu werden. Er war bereit für sie und wurde allmählich ungeduldig . . .

Instinktiv hob sie ihm ihre Hüften entgegen, und diesmal drang Nicholas in sie ein. Als sie ihn willig in sich aufnahm und umschloß, erschauerte Nicholas.

Sydney erwachte, als sie ihn in sich spürte. Seine braunen Augen glühten vor Leidenschaft, und sie lächelte ihn verträumt an. Aber der verträumte Blick verschwand sehr schnell, und ein entzückter, wollüstiger Ausdruck erschien auf ihrem Gesicht, als Nicholas' ungestüme, heftige Bewegungen sie in einen Taumel ekstatischer Gefühle versetzten.

Um ihm noch näher zu sein, legte Sydney die Beine um seine Taille und schlang die Arme um seinen Hals. Sie hatte das Gefühl, von Kopf bis Fuß in Flammen zu stehen. Und sie wollte, daß er das Feuer löschte. Sie bettelte. Sie wurde fast verrückt vor drängendem Verlangen. Sie stöhnte. Sie schrie. Und erst dann tat er, was sie verlangte.

Charrons Glaspalast war voll ausgebucht. Es herrschte Trubel im Hotel und Aufregung. Wie es schien, waren zwei Gäste fünf Tage zuvor nachts durch den Park gewandert, um frische Luft zu schnappen, und hatten einen Schußwechsel gehört. Diese beiden Gäste hatten es zwei anderen erzählt, und die wiederum hatten *ihren* Freunden davon berichtet . . . Die Geschichte sprach sich schnell herum.

Natürlich existierte keine offizielle Version der Ereignisse, denn der wie stets zurückhaltende Nicholas Charron und seine Männer bewahrten Stillschweigen.

Aber das störte die Gäste nicht. Die Gerüchte und Spekulationen, die Hotel und Casino beherrschten, reichten aus, um abends beim Dinner für viele Tage Unterhaltung zu bieten. Einige Gäste hatten sich geweigert, abzureisen, als ihre Buchung abgelaufen war. Schließlich wollten sie nichts verpassen. Vielleicht war es in ein paar Jahren interessant, behaupten zu können, sich in jenem speziellen Augenblick auf der Insel von Charron aufgehalten zu haben.

Und jetzt war eine geheimnisvolle Frau auf der Nachmittagsfähre angekommen. Fred, der Page, hatte erzählt, daß sie sofort in eine geräumige Suite begleitet worden war, ohne sich zuvor an der Rezeption einzutragen. Irgend jemand war sicher, den Namen Mandarin gehört zu haben. Und alle warteten.

Sydney rollte die Schultern, um den Schmerz zu lindern, der zwischen ihren Schulterblättern saß. Zu viele Stunden am Spieltisch waren der Anlaß für die Verspannung, aber daran war nichts zu ändern. Stunde um Stunde erhöhten sich ihre Gewinne. Sie besaß jetzt über zweihundertfünfzigtausend Dollar, und wenn ihre Glückssträhne anhielt, brauchte sie nur noch ein paar Nächte, um ihr gesetztes Ziel zu erreichen. Eine große Hilfe war die Erhöhung der Mindesteinsätze an den Tischen gewesen. Sydney war ziemlich sicher, daß es auf Nicholas' Anweisung geschehen war, um ihr zu helfen, doch sie hatte ihn nie danach gefragt.

Allmählich machte sich der Streß, unter dem sie stand, bemerkbar. Sie konnte sich keine Sekunde erlauben, ihre

Wachsamkeit zu vermindern, da Gewinn oder Verlust von vielen tausend Dollar von einer einzelnen Karte abhängen konnten. Sie durfte auch nicht darüber nachdenken, welche enormen Summen den Besitzer wechselten oder wieviel Geld eine halbe Million Dollar war. Sie mußte die Zahlen abstrakt betrachten.

Aber noch mehr als der Streß und die Spannung, die das Gewinnen riesiger Geldsummen auslösten, beunruhigte Sydney die Angst um Nicholas' Sicherheit. Sie wußte, daß Mandarin am vergangenen Tag angekommen war und seitdem in ihrer Suite festgehalten wurde. Nicholas hatte ihr ausrichten lassen, daß er sie aufsuchen würde, sobald sie sich ausgeruht hatte. Bisher waren die einzigen Menschen, die die mysteriöse Frau gesehen hatten, die Kellnerinnen und Kellner vom Zimmerservice gewesen.

Sydney nickte dem Dealer zu, ihre Gewinne ihrem Konto gutzuschreiben. Dann verließ sie den Tisch. Obwohl sie die Nächte bei Nicholas in seinem Haus verbrachte, hatte sie ihr kleines Zimmer behalten. Jetzt, auf dem Weg zum Lift, der sie in den zweiten Stock bringen sollte, sah sie eine schöne Orientalin die gleiche Richtung einschlagen.

Ein smaragdgrüner Cheongsam aus reiner Seide betonte die zierliche, zartknochige Gestalt der Asiatin. Unter dem auffallenden Grün der Seide wirkte ihre Haut so blaß und durchsichtig wie die Blüten einer Seerose. Ihr glattes schwarzes Haar war zu einem strengen Knoten frisiert und mit zwei kunstvoll geschnitzten Elfenbeinkämmen befestigt. Die Augen der Frau waren fast schwarz und mandelförmig, und sie hatten einen harten Blick.

Niemand brauchte Sydney zu sagen, daß es sich bei der Frau um Mandarin handelte.

Trotz allem, was sie durchgemacht hatte, war Mandarin noch immer eine sehr schöne Frau, aber Sydney fand, daß sie müde wirkte. Ihr feingeschnittenes Gesicht zeigte Anzeichen von Streß, und neben ihrem Mund und unter ihren Augen verliefen scharfe Linien. Normalerweise hätte Sydney Bedauern für sie empfunden, aber diesmal nicht, denn Mandarin war die Frau, die vorhatte, den Mann zu töten, den Sydney liebte.

Die Lifttüren glitten auf, und beide Frauen stiegen ein. Die Türen schlossen sich. Sydney brauchte nicht lange zu überlegen, um einzusehen, daß sie diese Gelegenheit nicht ungenutzt vorübergehen lassen durfte.

Mit einer so schnellen Bewegung, daß sie selbst überrascht war, drückte sie den Knopf, der den Lift zwischen dem ersten und zweiten Stock anhielt. Mandarins Kopf flog herum, und automatisch nahm sie eine verteidigende Haltung ein.

Sydney streckte die Hand aus. »Bitte . . . ich habe nicht vor, Ihnen etwas zu tun.«

»Das weiß ich.« Mandarin blieb in der Defensive. Ihre langen roten Fingernägel befanden sich in einer Stellung, in der sie jedem die Augen ausgekratzt hätte, der ihr zu nahe kam. »Wer sind Sie, und was wollen Sie?«

»Ich bin Sydney Delaney, und ich würde gern mit Ihnen reden.«

»Ich kenne keine Sydney Delaney.«

»Ich bin . . . eine Freundin von Nicholas.«

Langsam richtete Mandarin sich auf, aber ihr Blick blieb mißtrauisch und ihre Haltung wachsam. »So . . . eine Freundin von Nicholas!«

Sydney legte die Hände zusammen, um nicht unabsichtlich eine Bewegung zu machen, die Mandarin erschrecken konnte. »Ich möchte Ihnen nur klarmachen, daß Nicholas nichts von all dem getan hat, dessen Sie ihn beschuldigen.«

»Warum? Warum ist es wichtig für Sie, was ich denke?«

»Weil genug gelitten worden ist. Darin werden Sie mir doch sicher zustimmen.«

»Ich kann Ihnen in keiner Hinsicht zustimmen . . . weil Sie Nicholas' Freundin sind und ich seine Feindin.«

»Aber verstehen Sie denn nicht? Es besteht kein Grund, warum Sie Nicholas als Feind betrachten sollten.«

Nicholas trat zu Mike, der vor einem der Aufzüge stand und sich mit Julian beriet. »Was ist los, Mike? Ich habe deine Nachricht bekommen.«

»Julian sah Mandarin und Sydney vor ein paar Minuten zusammen den Lift besteigen. Jetzt steht er zwischen zwei Etagen.«

Nicholas wurde blaß. »Meinst du, es könnte ein technisches Versagen sein?«

Mike schüttelte den Kopf. »Ich bin ziemlich sicher, daß jemand den Lift gestoppt hat.«

»Mein Gott! Komm, laß uns in die zweite Etage gehen und die Tür aufbrechen. Dann steige ich auf den Aufzugskasten.«

»Warte!« Mike packte Nicholas am Arm. »Ich will nicht, daß du in den Lift kletterst. Dort wartet Mandarin auf dich. Du bist zu verwundbar. Ich werde es tun.«

Nicholas riß sich los und begann auf die Treppe zuzugehen. »Ich tue es. Und wenn Mandarin Sydney auch nur ein Haar gekrümmt hat, bringe ich sie um!«

Mandarin musterte Sydney neugierig. »Sie lieben ihn, nicht wahr?«

Sydney nickte.

»Liebt er Sie auch?«

»Nein . . . Aber das ist nicht wichtig.«

»Sie sind eine tapfere Frau. Es erfordert Mut, einen Mann wie Nicholas Charron zu lieben. Vielleicht braucht man sogar mehr Mut dazu, als ihn zu hassen.«

»Aber Sie haben Nicholas all diese Jahre umsonst gehaßt! Bitte glauben Sie mir!«

»Was ich glaube, ist, daß *Sie* dem Mann glauben, den Sie lieben. Aber Sie müssen verstehen, daß ich ihn töten werde. Finden Sie sich damit ab. Fangen Sie von mir aus an zu trauern. Er hat mir nicht nur zehn Jahre meines Lebens genommen, sondern er ist auch für den Tod von zwei Menschen verantwortlich.«

»Zwei?« Sydney schüttelte verwirrt den Kopf. »Nein, nein. Das stimmt nicht. Ich weiß, daß Sie glauben, er hätte Josh getötet, aber so war es nicht. Und ein anderer Mensch ist nicht ums Leben gekommen.«

»Sydney? Alles in Ordnung? Ich komme herunter, um dich herauszuholen.«

Sydney schaute entsetzt zum Dach des Lifts hinauf. »Nein! Bleib, wo du bist, Nicholas. Es ist alles in Ordnung, ich komme gleich zu dir.«

»Bist du sicher?«

»Ganz sicher. Laß mir nur noch eine Minute Zeit.« Sie drehte sich zu Mandarin um.

»Es waren zwei Menschenleben – mein Geliebter, Josh, und mein ungeborener Sohn, der in meinem Körper starb, bevor er eine Chance bekam zu leben. Auch Sie werden bald erfahren, wie weh das tut.« Mit ihrem rotlackiertem Fingernagel tippte sie auf den Knopf, der den Lift in Bewegung setzte.

Kurz darauf glitten die Türen auf, und Nicholas stürzte in die Kabine. Mit einem flüchtigen Blick auf Mandarin legte er seine Hand auf Sydneys Arm. »Alles in Ordnung, Sydney? Was ist passiert?«

Mandarins Blick ging zuerst zu Mike. Seine ganze Aufmerksamkeit war auf sie konzentriert. Er hatte einen Fuß im Lift und stand in einer Haltung, die es ihm erlaubte, bei der geringsten verdächtigen Bewegung auf sie loszuspringen. Dann schaute sie zu Nicholas hinüber.

»Deine Freundin hat ein Plädoyer für dich gehalten, Nicholas. Es war richtig reizend von ihr. Aber du hättest ihr sagen sollen, daß mein Haß auf dich durch nichts auszulöschen ist.«

Den Arm um Sydneys Schultern, schaute Nicholas Mandarin an. »Ich war auf dem Weg zu dir. Ich glaube, es wird Zeit, daß wir uns unterhalten.«

Sie neigte zustimmend den Kopf.

»Mike, begleite Sydney in meine Suite. Ich komme gleich nach.«

»Nicholas, sei vorsichtig.« Die Worte kamen aus Sydneys Mund, bevor sie es verhindern konnte. Sie war ziemlich sicher, daß er bereits über ihre Einmischung verärgert war.

Er begleitete sie aus der Kabine und küßte sie

beruhigend aufs Haar. »Geh mit Mike«, flüsterte er ihr zu. »Wir sehen uns gleich.«

Aber Mike rührte sich nicht. Er machte keine Anstalten, Sydney zu dem privaten Lift zu begleiten, der in Nicholas' Suite führte. Er starrte Mandarin an, und als sie aussteigen wollte, hielt er sie mit einer Hand zurück. »Mandarin, gib mir die Kämme aus deinem Haar. Und gib sie mir vorsichtig, die Spitzen zu deiner Seite hin.«

Ein hartes Lächeln erschien um ihren Mund, aber sie griff an ihren Knoten und zog langsam die beiden Kämme heraus. »Sehr gut, Michael. Aber du warst ja schon immer ausgezeichnet auf deinem Gebiet. Ich glaube, einmal habe ich dich sogar aufgefordert, für mich zu arbeiten, oder?«

»Ja, das stimmt. Gib mir jetzt die Kämme – aber sehr vorsichtig.« Als er sie in der Hand hielt, zeigte er Nicholas die scharfen Spitzen. »Vergiftet, da bin ich ganz sicher.«

Nicholas nickte, dann schaute er Mandarin an. »Wir haben einiges zu besprechen.« Er streckte auffordernd die Hand aus. »Nach dir.«

Die nächsten beiden Stunden waren die längsten in Sydneys Leben. Mike entschuldigte sich, sobald sie die Suite betreten hatten, und sie wußte instinktiv, daß er vor Mandarins Räumen warten wollte, bereit, einzugreifen, falls er etwas Ungewöhnliches hörte. Mandarin hatte ganz recht. Er war ein ausgezeichneter Leibwächter.

Sydney stand am Fenster und starrte in die Nacht hinaus, ohne wirklich etwas zu sehen, als die Tür aufging und Nicholas hereinkam. Sie rannte auf ihn zu und warf sich in seine Arme.

»Gott sei Dank, Nicholas! Dir ist nichts passiert!«

»Natürlich ist mir nichts passiert. Hast du je daran gezweifelt?«

Sie hörte den Humor in seiner Stimme und schaute ihn überrascht an. Er wirkte müde. »Was ist geschehen?«

»Es ist vorbei. Es ist alles vorbei. Sie hat endlich begriffen, daß ich ihr keine Falle gestellt habe und nicht für Joshs Tod verantwortlich bin.«

»Aber sie hat dich so viele Jahre gehaßt! Wie ist es dir gelungen, sie zu überzeugen?«

Nicholas führte Sydney zum Sofa, und sie setzten sich. »Ich konnte ihr schwarz auf weiß beweisen, daß ich die Wahrheit gesagt habe. Aber selbst so hat es eine Zeitlang gedauert, bevor sie mir glaubte, daß die Papiere echt sind und nicht gefälscht.«

»Aber jetzt weiß sie es?«

Er rieb sich müde über die Augen. »Ja.«

»Und es ist wirklich vorbei?«

Er lachte. »Du bist genauso schwer zu überzeugen wie Mandarin.«

Sie legte ihre Hand auf seine Brust. »Ich hatte solche Angst um dich.«

Er legte einen Arm um sie. »Du hättest Mandarin nie ansprechen dürfen. Das war wahnsinnig gefährlich für dich.«

»Ich weiß.« Sie rieb ihre Wange an seinem Hemd. »Wie hat sie reagiert, als sie erfuhr, daß Josh es war, der sie verraten hatte?«

»Hart«, erklärte Nicholas schlicht. »Sie hat viel durchgemacht. Ihre Krankheit, die sie sich im Gefängnis zugezogen hat, ist überstanden, aber sie hat sich noch nicht ganz von den Jahren im Gefängnis erholt, weder seelisch noch körperlich. Deshalb habe ich sie eingeladen, eine Weile auf der Insel zu bleiben und auszuspannen.«

»Glaubst du, daß sie es tut?«

»Ich hoffe es.«

Sydney schwieg und lauschte auf das gleichmäßige Pochen seines Herzens.

»Wirst du heute abend spielen?« fragte er leise.

»Nein. Ich möchte mit dir nach Hause fahren und die ganze Nacht in deinen Armen liegen. Nimmst du mich mit?«

Sydney hatte das Gefühl, als hinge ihr ganzes Leben von den beiden Karten ab, die vor ihr lagen, und von ihrer nächsten Entscheidung. Ihre Sinne waren zum Zerreißen gespannt, und ihr Verstand schien auf mehreren Ebenen gleichzeitig zu funktionieren.

Zum Beispiel war ihr lebhaft bewußt, wie glatt und weich sich die Seide ihres Kleids auf ihrer Haut anfühlte. Es war ihr Lieblingskleid, aus dunkelroter Seide, das sie an jenem Abend getragen hatte, als sie zum ersten Mal zu Nicholas gefahren war. Sie hoffte, daß es ihr Glück brachte, das Kleid und auch das Silbermedaillon mit dem Türkis, das zwischen ihren Brüsten ruhte.

Und sie wußte bis auf einen Dollar genau, wieviel Geld der Haufen Chips neben ihr darstellte, der Stapel Chips, der im Laufe des Abends in schwindelnde Höhen geklettert war.

Und obwohl sie ihn nicht anschaute, war ihr das

Gesicht des Dealers an ihrem Tisch vertraut. Er hatte offene, sympathische Züge und war sauber rasiert. Sobald sich herumgesprochen hatte, was an ihrem Tisch vorging, wurden die Dealer alle zwanzig Minuten ausgetauscht, um sicherzustellen, daß Sydney es ständig mit neuen, objektiven Croupiers zu tun hatte.

Julian hatte Seile um den Tisch gezogen, um die Menge der Neugierigen fernzuhalten, die sich während der letzten Stunden um Sydney versammelt hatten. Obwohl sie sich still verhielten, konnte Sydney doch ihr Atmen hören, so gespannt war die Atmosphäre im Raum.

Sie wußte, daß Mike an einer Seite von ihr stand, und Sai direkt neben ihm.

Und natürlich wußte sie auch, daß Nicholas oben nervös durch seinen Kontrollraum wanderte. Sie konnte es spüren, fast, als stünde er neben ihr und berührte sie. Und deshalb fühlte sie sich innerlich wie zerrissen. Wenn sie eine Karte verlangte und gewann, was würde dann aus ihr und Nicholas werden? Ihr Abkommen wäre damit erledigt. Sie konnte ihm sein Geld zurückgeben, und dann bestand kein Anlaß mehr für sie, noch länger auf der Insel zu bleiben.

Nein! Daran durfte sie jetzt nicht denken. Sie zwang sich, ihre Konzentration wieder auf die Vorgänge am Tisch zu richten. Wie üblich wurde mit vier Kartenspielen gespielt. Vier Päckchen Karten bedeuteten zweihundertundacht Karten – sechzehn Asse, sechzehn Könige, sechzehn Königinnen und so weiter.

Im Verlauf des Abends hatte sich die Anzahl der anderen Spieler an ihrem Tisch bis auf zwei reduziert. Die übrigen hatten das Spiel abgebrochen und schauten fasziniert zu. Das bedeutete, daß die drei verbliebenen Spieler, Sydney eingeschlossen, sehr viel länger brauchten, um alle Karten auszuspielen, als wenn der Tisch noch voll besetzt gewesen wäre. Aber sie waren dennoch schon mehr als halb durch den Stapel Karten, und das hieß, daß der Dealer nun bei einem der nächsten Spiele die Karten neu mischen würde.

Sydney konnte sich an jede einzelne Karte entsinnen, die ausgespielt worden war. Sie selbst hatte die Zahl Siebzehn in der Hand. Die Wetten standen gegen sie. Vermutlich wäre es das Beste gewesen, keine weitere Karte zu verlangen.

Sie hob den Kopf und schaute den Dealer an. Er war perfekt trainiert, sein Gesicht verriet nichts, aber sie wußte, daß er gute Aussichten hatte, einundzwanzig Punkte zu erreichen.

Noch eine Karte. Wenn sie noch eine Karte verlangte, konnte sie ihr Ziel erreichen – fünfhunderttausend Dollar, plus das Geld, das sie Nicholas schuldete, und dann hatte sie immer noch genug übrig, um die Steuern zu bezahlen. Aber sie konnte bei dieser einzigen Hand auch alles verlieren.

Sydney holte tief Luft. Wie aus weiter Entfernung hörte sie sich selbst um eine weitere Karte bitten. Die Karte wurde ihr gegeben. Der Dealer spielte seine Hand aus – Neunzehn. Sydney schaute auf seine Karten, hätte jedoch nicht sagen können, welchen Wert sie besaßen. Es war, als schaute sie sich selbst zu, als sie die Hand ausstreckte und ihre letzte Karte umdrehte. Der Dealer sagte *Einundzwanzig*. Ein Brüllen wurde in der Menschenmenge laut, die den Tisch umgab.

Sydney wurde kalt, dann heiß, dann wieder kalt. Sie

konnte den Blick nicht von den drei Karten abwenden, die vor ihr lagen. Wieder und wieder zählte sie sie, und sie ergaben immer noch einundzwanzig. Sie hatte es geschafft! Sie hatte es tatsächlich geschafft!

Alle redeten gleichzeitig auf sie ein. Sai und Julian strahlten sie an. Jemand, den sie nicht kannte, drückte ihren Arm. Mike umarmte sie.

Aber Sydney war wie betäubt. Sie konnte keinen klaren Gedanken fassen.

Dann war Nicholas bei ihr und geleitete sie durch die Menge der Gäste zu seinem privaten Lift. In seiner Suite schenkte er ihr einen Brandy ein und hielt das Glas an ihre Lippen, bis sie trank. Die scharfe Flüssigkeit brannte in ihrer Kehle, und nun kamen Gefühle und Empfindungen zurück.

»Du hast es geschafft, Sydney.«

Sie wandte sich zu Nicholas um, der neben ihr auf der Couch saß. »Ja . . . ich habe es geschafft, nicht wahr?«

Ihr verwunderter Tonfall hätte Nicholas fast zum Lächeln gebracht. Nur . . . er empfand ein merkwürdiges Unbehagen, das er sich nicht erklären konnte und das ihn stark ablenkte. Was ist los? fragte er sich erstaunt. Dann kam es ihm mit einem Schlag zu Bewußtsein – Sydney hatte jetzt keinen Grund mehr, auf der Insel zu bleiben. »Ich wußte, daß du es schaffen würdest. Du bist intelligent, clever und schön. Wie hättest du versagen sollen?«

»Es hing an einem seidenen Faden.« Sie trank noch einen Schluck Brandy, weil sie spürte, daß es ihre Nerven beruhigte.

Nicholas kämpfte unterdessen mit einem Anfall von Panik. War es möglich, daß er sie verlieren sollte, nur weil er unfähig war zu lieben? Er räusperte sich, aber der merkwürdige Klumpen in seiner Kehle blieb. »Was hast du jetzt vor?«

Sie blinzelte. »Jetzt?«

Er mußte sie einfach berühren, deshalb streckte er die Hand aus und strich ihr übers Haar. »Du hast alles erreicht, was du dir vorgenommen hattest. Was jetzt, Sydney? Wirst du zu deiner Bank zurückkehren?«

Es ist schon eine komische Situation, dachte er, die auch nicht einer gewissen Ironie entbehrt. Bisher waren Frauen in seinem Leben gekommen und gegangen, und es hatte ihn weder interessiert noch gekümmert. Bis eine Verführerin mit violett-rotem Haar und goldbraunen Augen in seinem Leben erschienen war . . . Und jetzt wußte er nicht, ob er sie gehenlassen konnte.

Es war ihm allerdings auch klar, daß er sie nicht halten konnte, falls sie nicht bleiben wollte. Er war nicht einmal sicher, ob er sie überhaupt auffordern durfte zu bleiben. Denn welches Leben konnte er ihr im Endeffekt schon bieten? Ein Leben in einem Glaspalast auf einer Insel, von dem nicht einmal er überzeugt war, daß es seinen Wünschen entsprach? Nein, das war nichts für Sydney. Hatte er überhaupt die Möglichkeit, sie glücklich zu machen?

Dann war auch noch ihre Liebe zu ihm zu bedenken. Auch sie verdiente Liebe. Und er wollte geliebt werden. Er schloß gequält die Augen. *Bestand die Möglichkeit, wenn auch noch weit entfernt, daß er einmal Liebe geben und nehmen konnte?*

Sydney legte ihren Kopf an seine Schulter. »Bevor du mich nach irgendwelchen schwerwiegenden Entscheidungen fragst, wie wäre es, wenn du mir Gelegenheit gäbst, meinen Triumph zu feiern?« fragte sie leichthin.

»Natürlich. Ich war nur neugierig.«

»Eins weiß ich allerdings jetzt schon, Nicholas. Die Casinos dieser Welt sind vor mir sicher. Ich werde nie, nie wieder spielen.«

»Ich danke dir im Namen aller Casinobesitzer.« Er machte eine Pause. »Und jetzt möchte ich dir einen Vorschlag machen. Er betrifft deine unmittelbare Zukunft.«

Sie hob den Kopf. »So?«

Er beugte sich zu ihr herunter und biß sie zärtlich ins Ohr. »Ich schlage dir eine Feier vor – eine ganz private Feier für Zwei auf der anderen Seite der Insel.«

»Einverstanden«, murmelte sie zufrieden.

10

Es fehlten nur wenige Stunden bis zur Morgendämmerung. Arm in Arm stiegen Nicholas und Sydney die Stufen zu seinem Haus hinauf. Auf der Veranda blieb Nicholas stehen und hob Sydney auf seine Arme. Lag so etwas wie Verzweiflung in seiner Geste, fragte Sydney sich, oder spielte ihre eigene Verzweiflung es ihr nur vor? Ihr war, als wehte ein eisiger Wind durch ihre Seele. Von jenem ersten Abend an, als sie durch den Regenwald zu Nicholas geeilt war, hatte sie gewußt, daß der Moment des Abschieds kommen würde. Jetzt war er da, aber sie fühlte sich nicht einmal im entferntesten darauf vorbereitet.

Während sie in Nicholas' Armen lag, fand ein heftiger Kampf in ihrem Innern statt; Glück und Trauer kämpften um einen Platz in ihrem Herzen und versuchten sich zu behaupten. Ihr Ziel war erreicht. Ihr Anteil an der Rettung von Killaroo war gesichert. Später wollte sie ihre Schwestern anrufen und sich erkundigen, ob eine von ihnen ihre Hilfe brauchte.

Aber die Nacht gehörte Nicholas. Und wenn es das letzte Mal sein sollte, sie würde sich nicht beklagen. Oder würde zumindest versuchen, es nicht zu tun. Nicholas hatte nie ein Wort von Liebe gesagt, und sie hatte ihn nicht dazu gedrängt. Mit Nicholas hatte sie gespielt und verloren. Deshalb war sie bereit, das Glück mitzunehmen, das er ihr heute nacht bot, und sich über das Morgen Gedanken zu machen, wenn der Augenblick kam.

»Du bist so still«, murmelte er.

Sie hob ihr Gesicht zu ihm auf. »Es war eine lange Nacht. Ich glaube, die ganze Aufregung hat mich ein bißchen müde gemacht.«

»Ich würde eher sagen, die Aufregung fängt jetzt erst an«, bemerkte er und wurde von ihrem Lachen belohnt. Er küßte sie zart auf die Lippen. »Komm, laß uns hineingehen.«

Eine einsame Porzellanlampe warf ihren warmen Schein in den Raum und verlieh Nicholas' Kunstschätzen einen Schimmer wie von Gold. Trotz des Halbdunkels hatte Sydney das Zimmer vor Augen, wie sie es beim letzten Mal gesehen hatte.

Und doch . . . nein, irgend etwas stimmte nicht an dem Bild! Irgend etwas war verschoben.

Ihr Blick ging zu der dunklen Ecke des Raumes, wo der Kupfertiger hätte stehen müssen. Sie konnte den Tiger sehen. Aber er stand nicht mehr ganz in der Ecke, sondern etwas daneben.

All das registrierte sich innerhalb von Sekunden in ihrem Gehirn. Sie hörte Nicholas fragen: »Möchtest du etwas essen?«

Aus einem Instinkt heraus, den sie in diesem Augenblick selbst nicht ganz begriff, warf sie sich mit ihrem ganzen Gewicht auf Nicholas und stürzte im gleichen Augenblick mit ihm zu Boden, als die Schüsse erklangen.

Rasch griff Nicholas nach Sydney und riß sie hinter die Couch.

»Wer ist es?« flüsterte Sydney.

»Ich bin nicht sicher«, erwiderte er, während er sich innerlich verfluchte. Er war ein Mann, dem das Leben beigebracht hatte, sich der Gefahr stets bewußt zu sein.

Aber heute abend war er derart abgelenkt gewesen, daß er nichts von dem bemerkt hatte, was er hätte sehen müssen. Und deshalb war Sydney nun in Gefahr.

Plötzlich verstummten die Schüsse, und eine Stimme, die Sydney noch nie gehört hatte, rief: »Was ist los, Nick? Wo ist deine Gastfreundschaft geblieben? Komm heraus und stell die hübsche Lady deinem besten Freund Josh vor.«

Nicholas wurde fast übel von dem galligen Geschmack, der wie Säure in seiner Kehle aufstieg. Josh! *Josh*! Und er lebte! Er konnte es nicht begreifen, aber die Situation verlangte, daß er handelte, und zwar schnell. Es hatte Zeiten gegeben, wo er alles getan hätte, um Josh lebend zu sehen, egal, unter welchen Umständen. Aber nicht jetzt. Nicht mit Sydney neben ihm und in Gefahr.

Nicholas richtete sich auf, bis er sich in einer sitzenden Position hinter der Couch befand, aber er ließ seine Hand auf Sydneys Schulter und zwang sie, am Boden zu bleiben. »Josh, wirf die Waffe fort, dann können wir reden.«

Eine weitere Serie von Schüssen peitschte durch den Raum. »Klar. Nick, ganz wie du willst. So war es doch immer bei uns, oder? Du gabst die Befehle, und ich habe gehorcht.«

»Komm, Josh, sei vernünftig. Du weißt, daß es nicht so war. Wir waren Freunde.«

»Außer, wenn du der Captain warst, Nick. Da warst du derjenige, der die Befehle gab. Du warst derjenige, zu dem die Männer aufschauten und dem sie gehorchten. Du warst derjenige, der allen Ruhm für sich beansprucht hat.«

Nicholas Gedanken rasten in seinem Gehirn. Hätte er

gewußt, welche Waffe Josh benutzte, hätte er kalkulieren können, wie viele Kugeln ihm noch blieben. Leider wußte er nicht einmal, ob die Schüsse im Hotel gehört worden waren. Aber er hielt es für ziemlich ausgeschlossen. Er mußte Josh zum Reden bringen, bis ihm etwas einfiel, womit er ihn ablenken konnte.

»Josh, du kannst dir gar nicht vorstellen, wie froh ich bin, daß du noch lebst!«

»Na so was – wieso nehme ich dir das nicht ab? In all den Jahren bin ich dir immer auf der Spur geblieben, alter Freund, weil ich wußte, daß ich dich eines Tages zu fassen kriegen würde.« Er lachte. Es klang hohl. »Weißt du eigentlich, daß du mich eine Menge Geld gekostet hast? Als du aus der Falle entkamst, die dir gestellt worden war, zogen mir die Leute, mit denen ich den Handel abgeschlossen hatte, die Hälfte des versprochenen Geldes ab.«

Nicholas vernahm ein Beben in Joshs Stimme, das einen Moment zuvor noch nicht zu hören gewesen war. »Du hattest keinen Grund. Mandarin und mich für Geld zu verkaufen, Josh. Wir haben damals alle ein Vermögen verdient.«

»Aber es war nicht *mein* Vermögen, verdammt! Ich wollte mein eigenes Geld! Und die Chinesen boten mir mehr, als ich mir je erträumt hätte. Selbst als sie mir nur die Hälfte auszahlten, war die Summe, die sie jeden Monat auf mein Konto einzahlten, immer noch so hoch, daß ich mir das beste Opium leisten konnte. Aber als Mandarin ausbrach, hörten die Zahlungen auf.«

Ein heiserer, verzweifelter Ton klang in seiner Stimme mit. »Kein Geld, kein Opium. Das verstehst du doch, Nick, oder? Ich brauche die Drogen.«

»Laß mich dir helfen, Josh. Ich kann . . .«

»*Mir helfen*! Soll das ein Witz sein? Du kommst ja nicht einmal hinter der verdammten Couch hervor.«

»Doch, das tue ich – sobald du die Waffe weggelegt hast.«

»Kommt nicht in Frage. Außerdem haben wir noch einen Besucher.«

»Was soll das heißen?«

»Mandarin, natürlich. Ich habe an der Rezeption eine Nachricht für sie hinterlassen, plus Anweisung für den Nachtportier, sie jetzt um diese Zeit anzurufen und ihr die Nachricht vorzulesen. Ich teile ihr darin mit, daß ich lebe und bei dir zu Hause bin und sie gern sehen möchte. Wetten, daß sie angerannt kommt?«

Nicholas fluchte unterdrückt. »Meinst du nicht, Mandarin hätte genug gelitten, Josh?«

»*Gelitten*! Versuch doch mal, ohne Drogen auszukommen, wenn dein Körper zehn Jahre lang damit versorgt worden ist! Dann wird sich deine Vorstellung von Leiden sehr schnell ändern.«

»Du bist krank . . .«

»Steh auf, Nick. Ich verspreche dir, dich nicht umzubringen, bis Mandarin hier ist.«

Sydney packte Nicholas am Ärmel und flüsterte erregt: »Tu es nicht!«

»Komm schon, Nick. Ich meine es ernst. Ich erschieße dich nicht, solange Mandarin nicht hier ist. Ich werde mich doch nicht des Vergnügens berauben, meine besten Freunde nach all den Jahren zusammenzusehen!« Ein irres Lachen begleitete seine Worte.

Nicholas bückte sich und flüsterte Sydney ins Ohr: »Ich muß aufstehen. Wenn ich ihn sehen kann, fällt mir vielleicht etwas ein, wie ich ihm die Waffe abnehmen kann.«

»Nein!«

Er küßte ihre Schläfe. »Keine Angst. Es passiert schon nichts. Bleib, wo du bist. Rühr dich unter gar keinen Umständen.«

Langsam richtete Nicholas sich auf, und als er stand, trat Josh aus dem Schatten. »Josh!« Nicholas konnte den Ausruf beim Anblick seines Freundes nicht unterdrükken, so schockiert war er. Joshs körperlicher Zustand hatte sich drastisch verschlechtert, seit Nicholas ihn zum letzten Mal gesehen hatte. Josh war bis auf die Knochen abgemagert, und das wilde Flackern in seinen Augen verriet, daß er nicht mehr ganz normal war. Nicholas' Herz krampfte sich zusammen, als er sich erinnerte, wie Josh einmal gewesen war.

Josh wirkte beinahe belustigt über seine Reaktion. »Die Zeit war gut zu dir, Nick. Das Glück sollten wir alle haben, findest du nicht?«

»Josh, laß mich dir helfen.«

»Hast du nicht verstanden, was ich sagte? Du *wirst* mir helfen. Wenn ich dich und Mandarin beseitigt habe, fangen die Chinesen wieder an, mir mein Geld zu zahlen.«

»Glaubst du wirklich, du könntest ihnen vertrauen?« Während er sprach, bewegte sich Nicholas vorsichtig zum Rand der Couch, bewußt langsam, um Josh nicht zu erschrecken.

Josh folgte Nicholas' Bewegungen mit dem Lauf seiner Pistole, und als seine Finger sich gefährlich am Abzugshahn krümmten, blieb Nicholas stehen.

»Sie wollen dich unbedingt haben, Nick. Du solltest

dich geschmeichelt fühlen, daß sie bereit sind, immer noch eine solche Summe für dich zu zahlen.«

»Josh . . .« Das aufklingende Motorgeräusch eines Jeeps veranlaßte beide Männer, zur Tür zu schauen. *Mandarin.* Wenn es doch nur eine Möglichkeit gäbe, sie zu warnen . . .

Nicholas schätzte die kurze Entfernung zwischen ihnen ab, dann warf er sich abrupt auf den Boden und rollte sich blitzschnell auf Josh zu. Josh feuerte wild. Mandarin stürzte im gleichen Augenblick ins Zimmer, als Nicholas sich mit dem Oberkörper gegen Joshs Beine warf und ihn zu Boden riß. Mit einer heftigen, gut kalkulierten Bewegung riß er ihm die Pistole aus der Hand.

»Tu ihm nichts!« schrie Mandarin.

Nicholas schleuderte die Waffe durch den Raum. Josh kämpfte verzweifelt, aber sein Körper war so geschwächt, daß er bald ermüdete. Nicholas wartete, bis er ganz sicher sein konnte, daß Josh den Widerstand aufgegeben hatte, dann stand er auf.

Josh rollte sich am Boden zusammen und begann zu weinen wie ein Kind.

Mandarin hockte sich neben ihm nieder. Ihr langes schwarzes Haar, das ihr bis an die Hüften reichte, hüllte Josh wie ein seidiger Vorhang ein, als sie sich über ihn beugte und versuchte, ihn zu umarmen. Aber Josh stieß sie fort.

»Faß mich nicht an!«

Mandarin schaute mit Tränen in den Augen zu Nicholas auf. »Wird er wieder gesund werden?«

»Ich weiß es nicht. Wenn er die richtige Hilfe bekommt, ist es möglich.«

Mandarin streckte die Hand aus und strich zärtlich durch Joshs Haar. »Doch, er wird gesund werden. Ich weiß es.«

Sydney stand auf und schlang die Arme um ihren Oberkörper. Die Ereignisse der letzten halben Stunde hatten ihr maßlos zugesetzt. Sie schaute auf die Szene, die sich ihren Augen bot. Zum ersten Mal, seit sie ihn kannte, ließ Nicholas die Schultern hängen, als könne er das Gewicht, das auf ihm lastete, nicht ertragen. Und Mandarin saß neben dem Mann, den sie liebte, und erklärte in einem merkwürdigen Singsang: »Es wird alles gut werden, Josh. Alles wird gut . . .« Als wollte sie das Schicksal damit zwingen, ihren Wunsch zu erfüllen.

Nicholas' und Mandarins Trauer und ihre Liebe zu Josh erfüllten den Raum, und Sydney hatte das Gefühl, daß hier kein Platz für sie war. Ruhig ging sie zu Nicholas hinüber. »Ich glaube, ich fahre zum Hotel zurück.«

Ihm kam es vor, als sei sein Bewußtsein in zwei Teile gespalten. Ein Teil konzentrierte sich auf die Vergangenheit und die Szene vor ihm – Johs und Mandarin, all die verlorenen Jahre, all die unnötige Qual. In der letzten halben Stunde hatte er mehr Angst und Verwundbarkeit an sich erfahren, als in seinem ganzen Leben. Das Ergebnis davon war, daß er befürchtete, jeden Augenblick einen emotionellen Zusammenbruch zu erleben.

Die andere Hälfte seines Bewußtseins war mit Sydney beschäftigt. Sie war seine Gegenwart. *Er brauchte sie.* Dieser ungewohnte, fremde Gedanke dröhnte mit ohrenbetäubender Eindringlichkeit durch sein Gehirn. Sydney konnte ihn zusammenhalten und ihn wieder zu einem ganzen Menschen machen. Er wollte sie für immer an seiner Seite haben. Sie sollte seine Zukunft sein; er war bereit, ihre zu werden.

Er hatte recht gehabt. Mit ihr ließ sich die Nacht in Tag verwandeln, und Leid und Qual konnten vergessen werden.

Er liebte sie. Aber die Worte wollten ihm nicht über die Lippen kommen. Sie waren zu neu für ihn . . . er war zu scheu. Er brauchte Zeit, um sich seine Worte zurechtzulegen.

Er drückte ihre Hand, die auf seinem Arm lag. »Vielleicht wäre es das Beste, Sydney. Ich muß mich jetzt um Josh kümmern. Fahr nur ins Hotel. Wir sehen uns später.«

Sydney nickte. Unfähig, einfach so zu gehen, stellte sie sich auf die Zehenspitzen und küßte ihn auf die Wange. »Auf Wiedersehen, Nicholas.«

Mehr als das ungewohnte Abschiedswort fiel Nicholas der Ton ihrer Stimme auf. Dann sollte es also doch so sein. Ihm blieb keine Zeit, sich seine Worte zu überlegen. Sydney hatte vor, ihn für immer zu verlassen.

Die Mittagssonne stand hell am blauen Sommerhimmel. Sydney saß am Ufer der türkisfarbenen Lagune und beobachtete die schwarzen Schwäne, die ruhig über das Wasser glitten. Sie war gekommen, um sich von ihnen zu verabschieden. Heute nacht würden sie wieder auf der anderen Seite der Insel sein, bei Nicholas. Aber sie nicht. Sie hatte morgens ihre Schwestern angerufen und ihnen erzählt, daß ihr Ziel erreicht war. Dann hatten sie vereinbart, sich am nächsten Tag zu treffen.

Winzige bunte Vögel schwirrten über ihr durch das

dichte Blätterdach der Bäume, als wollten sie Sydney mit ihren Farben und ihrem Flug bezaubern. Aber ihr Herz war schwer. Am Nachmittag würde sie auf der Fähre sein und sich von der tropischen Schönheit der Insel von Charron und dem mysteriösen, exotischen Mann, dem sie gehörte, entfernen. Zurückkehren würde sie nie, aber ihr Herz blieb für immer auf der Insel zurück, das wußte sie.

Etwas hatte sie gelernt, seit sie auf der Insel war – das Wichtigste bei Liebe war, wie stark sie sein konnte. Mandarin war in der Hölle gewesen und zurückgekehrt, aber ihre Liebe zu dem Mann, der sie dorthin geschickt hatte, war unverändert geblieben. Vor ein paar Wochen hätte Sydney eine solche Art von Liebe nicht begreifen können. Jetzt verstand sie es, denn sie empfand die gleiche Art von Liebe für Nicholas. Sie zog die Beine an den Körper und legte ihren Kopf auf die Knie.

»Sydney?«

Sie versteifte sich unwillkürlich. War er es wirklich?

»Sydney.«

Langsam hob sie den Kopf. Der Mann, an den sie gerade gedacht hatte, stand neben ihr. Sie starrte ihn ungläubig an. »Nicholas! Was machst du denn hier? Es ist heller Tag. Die Sonne scheint.«

Er ließ sich neben ihr im Sand nieder. »So ist es.«

»Aber du gehst nie aus dem Haus, solange die Sonne scheint! Warum jetzt auf einmal?«

»Das ist ganz einfach. Ich habe endlich einen Grund dazu.« Er strich zärtlich über ihr Haar. »Weißt du, ich glaube, dein Haar ist in der Sonne noch röter.«

»Nicholas, warum bist du hergekommen?«

»Deinetwegen. Als du dich im Haus von mir verabschiedet hast, wußte ich, daß du abreisen wolltest, aber ich mußte mich zuerst um Josh kümmern. Deshalb habe ich Mike verständigt. Es tut mir leid, Sydney, aber falls du versucht hättest, die Insel zu verlassen, bevor ich Gelegenheit hatte, dich zu sehen, wäre es dir nicht gelungen. Ich wollte zuerst mit dir reden.«

Ihr Herz klopfte ihr plötzlich bis zum Hals. »Reden? Aber es ist doch vorbei, Nicholas.«

»Es ist vorbei?« Er erwiderte unsicher ihren Blick. »Du meinst, du bist meiner müde geworden?«

Sydney beeilte sich, ihn zu beruhigen. »Nein. Das meinte ich nicht. Natürlich nicht. Ich wollte damit sagen . . . ich dachte, *du* wolltest nicht, daß ich bleibe. Du hast nie gesagt . . .«

»Ich weiß, ich weiß.« Er schaute sie an, dann legte er beide Hände um ihr Gesicht. »Sydney, ich werde mich bemühen, dir alles zu erklären. Es erscheint alles wahnsinnig kompliziert und ist doch im Grunde ganz einfach. Ich sah dich und begehrte dich mit einer Heftigkeit, die sogar mich überrascht hat. Und da ich ein Mann war, der bisher immer alles bekommen hatte, was er haben wollte, zweifelte ich auch diesmal nicht daran, daß ich es bekäme. Aber ich hatte nicht mit dir gerechnet.«

»Du kamst zu mir und schenktest mir deine Unschuld. Unschuld, in welcher Form auch immer, hatte ich noch nie von jemandem bekommen, Sydney. Und du hast mir deine Liebe geschenkt, ohne etwas dafür zu verlangen. Niemand hatte mir je ein solches Geschenk gemacht.« Nicholas machte eine Pause. Es fiel ihm schwer, sich richtig auszudrücken. Er wußte, wie gestelzt seine Worte klangen, aber es stand zuviel für ihn auf dem Spiel, um jetzt aufzuhören. »Unschuld, Liebe, Schönheit – das sind Waffen, gegen die schwer anzukommen ist, Sydney, sogar für einen Mann wie mich.« Er schwieg wieder.

»Du hast mich aus der Dunkelheit befreit, und zum ersten Mal seit zehn Jahren ist es mir gelungen, am hellen Tag hinauszugehen und die Sonne zu sehen.«

Tränen der Freude traten in ihre Augen, aber sie hatte dennoch Angst, zuviel Bedeutung in seine Worte zu legen. »Wie es scheint, hat jeder von uns seine Ketten zu tragen«, murmelte sie. »Du hast mich von meinem Stottern befreit.«

Nicholas wischte zärtlich eine Träne von ihrer Wange und lächelte Sydney an. »Nur für dich habe ich es gewagt, in den Sonnenschein hinauszutreten. Und ein harter Schlag war nötig, damit ich die Wahrheit erkannte. Ich sah plötzlich ein, daß ich dich verlieren würde, und geriet in Panik. Meine Verwirrung hätte uns beide das Leben kosten können, wenn deine schnelle Reaktion nicht gewesen wäre. Du hast mir das Leben gerettet, und in Asien sagt man: ›Wenn du ein Leben rettest, gehört es dir‹. Ich liebe dich, Sydney. Mein Leben gehört dir.«

Sydney war nicht sicher, ob ihr Herz soviel Glück ertragen würde, wie sie in diesem Moment empfand. »Ich möchte dein Leben viel lieber *teilen*, Nicholas, und ich möchte, daß du auch meins teilst. Die Welt steht uns offen, und wir haben uns. Ich möchte dich nach Killaroo mitnehmen, damit du meinen Vater kennenlernst. Dann wirst du verstehen, warum Manda, Addie und ich bereit waren, soviel aufs Spiel zu setzen, um ihm seinen Herzenswunsch zu erfüllen und ihm das verlorene Land zurückzugeben. Wobei mir einfällt, daß wir morgen nach Melbourne fahren müssen, um Addie anzufeuern.«

»Das ist mir recht.« Nicholas drängte Sydney sanft auf den Boden und legte sich neben sie. »Aber heute nacht will ich dich noch einmal ganz für mich allein haben, in meinem Bett, unter den Sternen, auf der wilden Seite der Insel.«

Sydney lachte vor Glück und schlang die Arme um seinen Nacken. »Du wirst mich immer haben, Nicholas«, flüsterte sie.

»Ich brauche dich, Sydney«, sagte er leise. »Ich liebe dich. Heirate mich, und dann werden wir den Rest unseres Lebens zusammen im Sonnenlicht verbringen!«

ENDE